在这冰冷的世界，
愿你温暖如初

温冬 著

文化发展出版社

Cultural Development Press

▶ 人生是一道难解的数学题，我们都开动脑筋，想要答出百分之百正确的答案，可我觉得答案并不那么重要，真正重要的是在解题的过程中，我们学到了什么。

目 录
Contents

世界这么大，我在路上不断前行，不断成长，我不知道自己最终会抵达何方，但是我知道自己绝不会回头。

在成长的过程中，我常常会感到有些迷茫，因为不知道自己所走的方向对不对，不知道自己正在坚持的事情值不值得，曾经引以为傲的梦想开始变得模糊，有的时候，甚至不知道自己渴望的生活到底是什么样子的。

有人说这是"初老症"，不再自信，不再永远乐观，开始惆怅，想东想西，犹豫不定，步履迟疑。如果出现这些症状，那么就是有了"初老症"，也就是大家常说的——长大了，成熟了。

有人说，成长是不断丢掉自己的过程。我不同意，我认为成长是一步一步寻找自己的过程。我们在时光中，走过许多的山，看过许多的人，见识过夕阳晚霞，也被大雨淋得浑身湿透。我们学会了隐藏不开心，学会了敷衍和小心。我们经历了这么多，为的不是在命运的森林中迷失自己，而是能够更坚定地在自己的道路上一路向北。

我大致把这世上的人分为两种，一种是一往无前，另一种是步步回头。我想我自己应该是第一种，对于要做的事情就应该付出百分之百的努力去做，不论结果好坏，总之过程不让自己遗憾。

城市是一座巨大的迷宫，每当我独自走在黄昏的街头，看着路灯下，自己形单影只时，心里也会觉得十分孤独，在外工作和生活，家人、朋友都不在身边，不论他们多么爱我，在我们不能彼此陪伴的时候，我只能让自己学得更坚强、独立一些。

在这座城市中，每天有那么多的人在努力工作，我知道他们也和我一样，尽管很辛苦，却不愿退缩。面对全世界，也许我们都显得过于渺小，自身的力量微不足道，可是我相信，只要足够努力，终有一天，我们会穿上岁月锻造的铠甲，勇往直前。

人生是一道难解的数学题，我们都开动脑筋，想要答出百分之百正确的答案，可我觉得答案并不那么重要，真正重要的是在解题的过程中，我们学到了什么。

这本书，写给正在迷失中寻找路口的你们，也写给曾经迷失过的我自己，我们都不是生来就一帆风顺的孩子，我只希望我们无论经历过多少风雨，最后依然能够心怀良善，与这个世界友好相处。

01

出发是最有意义的事情，去做就对了

人生不能等同于做数学题，数学题目的答案可以精准到小数点后好几位，但是人生往往在很多时候，说不清楚是对还是错，对和错全在自己的一念之间。

没有逻辑的理想
是负能量的

2017年的高考结束了，我也终于可以结束工作，和朋友去海边度个假，给自己放松放松了。海风、浪涛、蓝天以及三三两两漫步在沙滩上的游人，一切都很惬意、很轻松，我心底紧绷了好几个月的那根弦也彻底放下了。不用再想着哪个学生的学习积极性不够高怎么办，也不用想着哪个学生的解题思路有问题怎么办。

想到自己教了三年的学生，在这个夏天过后，将各自迎来他们人生中新的选择，心里还替他们有些小激动。

其实，算起来，我离自己高考的日子也没过去几年，现在看着我的学生们考完后各种放松的样子，我也忍不住想起我高考完的那个夏天。说实话，那个夏天，我过得不算轻松，因为高考成绩下来后，并没有自己估计的那么理想，也没有达到自己考前预期的目标，心里有些小小的失落。

成绩出来后的一阵子，我认真考虑了很久，思考要不要去复读一年，说不甘心也好，说不服输也罢，当时心里就是憋了一股劲，想要再给自己一个机会，再证明一次，自己是能够做得更好的。当时复读的学校都选好了，我想去河北的衡水中学。当时思考了很久，心里也是很犹豫，高中学习压力很大，如果去复读的话，就是背水一战的一年，压力就会更沉重，我不知道自己是否能够承受得住。

父母对我的想法持尊重的态度，不管我是不是选择复读，他们都支持我。一年的时光很宝贵，为了做出一个让自己不后悔的选择，我认真考虑了几天，最后还是决定放弃复读。不久后，我收到了河北师范大学的录取通知书，对当时的我来说，这张通知书就像一扇开启新世界的大门，我决定勇敢地推开那扇门，去未知的前方探索我自己前行的方向，而不是留在原地。做出这个决定后，心里轻松了很多，后来事实也证明了自己的选择并没有错，我在母校度过了很难忘的青春岁月，认识了很好的同学、很好的老师，他们是我一生的财富。

作为一个高考的过来人，我常对我的学生说高考是你们不得不面对的一次考试，你们要全力以赴地去应对，但高考绝对不是决定你们一生的考试，它只是你们十八岁这个夏天的一个小小考验。

我一直都希望我的学生能够明白，在人生的许多关卡面前，勇敢面对是最好的解决办法。虽然我无法假设自己当年如果真的去了衡水中学复读，几年后的自己会是什么样子，可能会比现在更好，也可能不会更好，但是我能够做到的是在接受摆在自己面前的结果之后，继续努力，乐观向上不会对生活灰心丧气。

从小到大，我一直是那个"别人家的孩子"，不算勤奋，但成绩一直都不错，我爸妈对我基本是放养的，不怎么管我，我也基本不会调皮捣蛋，小时候喜欢看书，就把爸妈给我的零用钱攒起来，买自己喜欢的书看。

在我上幼儿园的时候，自己基本就能做一些基础的加减运算，认识一些简单的字词。上小学之后，大多数时候都霸占着年级第一的位置，那些书本上的知识对我来说不算什么难事。因为成绩还不错，老师一度想让我跳级，可是我觉得没必要那么着急。大概我从小就喜欢按部就班地把控自己的生活和时间，所以，我还是想要留在原有的班级里，和同学们一起读书、学习。所以，老师也就没再提让我跳级的事情。

升上初中之后，我对数学的兴趣更加浓厚起来，对其他科目反倒是没什么兴趣，尤其是一些需要靠背诵和记忆的科目，更加觉得没劲，只是一门心思地对数学"情有独钟"。长大之后再回头想想，小时候的偏科和任性，也是造成高考失利的一个因素，总是想要做自己喜欢做的事情，不喜欢的事情就放任不管，结果不尽如人意，也只能自己学着承担。

我从来不觉得自己是个好学生，我低调的爸妈对于别人那些夸赞我优秀的评语也并不会坦然接受。对我父母来说，我只要平平安安、健健康康地生活，就是他们最大的幸福和安慰了，这点从给我起的名字就可以看出来他们的心思。

我是天秤座，出生在十月份。我的家乡秦皇岛的十月份，天气已经转冷，爸妈希望我的人生能够始终温暖，所以给我取名温冬，顾名思义——温暖的冬天。他们希望我的未来不论变成什么样子，都会有一个温暖的人生。

可是，人生怎么会始终温暖呢？寒冬是无法不去经历的，我觉得高考的那一次小小的打击，就算是我人生中的一次"寒流"了，从小学到高中，一直名列前茅，各种竞赛的奖也拿了许多，但是结果却不是想象中的那么好。可是那又怎么样呢？我现在还是有了自己的事业，自己快乐的生活，而且我相信未来的我，会拥有得更多。我们每一个人的一生中，都会经历挫折，挫折并不可怕，暂时的跌倒也不可怕，只要你心中有坚守的理想，并肯为此不断地努力，那些曾经的挫折都将成为你的动力。

我不喜欢看心灵鸡汤式的文章，更不喜欢自己熬心灵鸡汤给别人，但我觉得我们应该给自己一些正能量的东西，写这本书的目的，也是希望能够把我自己的一些人生经历、人生感悟分享出来，和大家一起探讨生活，寻找人生的方向。

临睡前玩手机时，看过一个公众号。提议大家都讲一讲人生中最想实现的理想是什么。有的人说想当马云；有的人说想成为一头猪，每天混吃等死；还有人说想成为隔壁王叔叔家的儿子，这样他就不用每天被他妈妈拎着耳朵骂，让他向隔壁家的孩子多学学……答案五花八门，评论区里也是热闹得很。

我觉得那些所谓的理想都不能称为理想，顶多算是梦里才能实现的念头，因为那些根本都不可能变成现实。我认为理想就是要有可实现性，才有被追求的意义，就好像你要解一道数学题，一开始就用错了方法的话，是无论如何也求不到正确答案的。

作为一名严谨的数学老师，我很注重逻辑，不光在教学中，生活中也是如此。我认为没有逻辑的理想是负能量的，因为逻辑是一种规律，是事物完成的序列，就好像我们小时候看的空中楼阁的故事一样，再美的房子，也要有扎实的地基才能够拔地而起，所以你如果只是想要最后的结果，而不在过程中用心，那最后就会什么也得不到。

人确实要学会看清自己的内心，跟随自己的内心，但同时，人也要找到自己真正的方向，走属于自己的道路。

所有的大人都曾经是小孩，
只是他们忘记了

大人们常常会说一些危言耸听的话骗小孩子，比如我小时候常听到的是，"你如果不好好学习，长大就会没出息""你如果不听话，就会挨揍"。

还比如小时候遇到一些不能够理解的事情，大人常会说："等你长大了就明白了，现在说了你也不懂。"其实小孩子未必不能够理解，只是大人没有解释的耐心，他们不想多说，就随便找个借口把小孩子哄过去。

我做了老师之后，决定自己不要做这样的大人，不管学生有什么样的问题，不论是生活上的，还是学习方面的，我都会尽自己的所能帮助他们解答，即便是我无法给出准确意见的，也会陪他们一起分析、讨论。这样做的理由很简单，我不希望自己只是学生眼中的一个只看成绩高低的数学老师，我更希望自己是他们人生成长过程中的一个朋友。

当若干年之后，我的学生长大了，他们结婚，有了孩子之后，偶尔会想到我，会对他们的孩子提起我，会提起在他们的高中岁月中，我不仅是他们的数学老师，还是他们真正的朋友。

我和学生的关系都很好，我总认为做老师不一定要不苟言笑、十分严厉，让学生怕你才能教好学生，才能提高他们的成绩，我希望我的学生能够从心底里对数学感兴趣，想要去学习，而不是因为怕我才被动地学习，那样在我看来学习的意义不大。

学习不光是为了成绩，也不仅仅是一个学生必须完成的任务，我的许多学生会在课堂下和我谈心，说他们的家长只关心他们的成绩，考得好就笑脸相对，考得不好就训斥打骂，让他们对学习越来越有排斥的心理。

　　青春期的孩子，与家长之间的摩擦必不可少，孩子急着长大，想要脱离父母的掌控，而家长处处管束，担心孩子不懂事、做错事。有时候，我和学生家长沟通时会对他们说，就算是他们的孩子真的做错了什么事情，也没必要大惊小怪，谁的成长道路上不犯错误呢？我们每个人都是一边犯错，一边改错，一边长大的。

　　所有的大人都在以自己的思维去要求孩子，他们忘记了多少年前，自己也曾是一个不断闯祸的孩子。犯错不是什么大不了的事情，知道如何纠错才重要。每当我的学生考试没考好，心情低落的时候，我就会安慰他们，一次的成绩不代表什么，考砸了就考砸了，只是一次考试而已，天又塌不下来，好好想一想为什么会做错那么多题，找到出错的原因，下一次考试遇到同样的情况不会再犯错就好了。

　　成长是一个逼迫自我主动的过程，我常听到家长们说的一句话就是："我这个孩子总也长不大，让人不省心。"但在我眼中，他们的孩子都是很懂事的学生，对于不同的学生来说，可能有的学生成长得会快一些，平顺许多，而有的学生成长得会慢一些，费劲一些。他们每一个人，我都不愿放弃，我希望能够尽自己最大的能力，在他们成长的过程中，给他们最真诚的陪伴。虽说老师的职责是教书，但还有更大的职责是育人，我不介意自己的学生成绩是好还是坏，那只是学生时代的一个记录而已，我更看重的是我的学生是否能够快乐、健康地成长，那才是最重要的。

微博上每天都有许多私信，是全国各地的学生发来的，有的向我请教如何学好数学，有的和我说一些知心话，只要有时间，我都会尽量地回复他们，我希望这些孩子都能体会到被尊重、被重视的感觉，我觉得那对他们的成长很重要。

学生还建立了几个学习讨论的群，他们每天在里面讨论学习方法，分享彼此解题的小窍门，也会将自己生活中的趣事讲出来。我也常去群里和他们互动，帮他们解答学习上的困惑，听他们说一些小孩子之间的秘密。节假日的时候，我还会给他们发红包，看他们在群里抢得嘻嘻哈哈，自己也觉得年轻了好几岁。

我把学生当朋友，学生也愿意把我当朋友。当我过生日，或者是教师节的时候，他们会精心地准备一些小惊喜给我，比如每个人折一个纸鹤，放在瓶子里送给我，或者准备一个大箱子，里面放上他们爱吃的零食送给我，都让我觉得很感动。

▶ 青春是人生的一个重要坐标，是我们回忆中一条绕不过去的河流，我想做一个称职的摆渡人，将我的学生安然无恙地送到河对岸，目送他们踏上新的旅途。

▶ 起起伏伏，人生就像抛物线一样无限延伸，我们每个人都看不
到自己的未来会处于哪个位置，只有不断地付出，才能让我们
不断向高处走。

有人曾问过我，你为什么要当老师。我自己也无法准确地回答这个问题，我大学读的是师范院校，学的是数学与应用数学专业，所以，顺理成章地，在毕业之后，我就选择做了一名老师，谈不上是对老师这个职业充满了多大的憧憬，只是按着自己人生的轨迹，一步一步地走到了现在。

我自己心里清楚，在当老师的这几年里，我每天都过得很充实，和学生在一起，看到他们，会时刻提醒着我，什么是最珍贵的东西。

我们每个人从小孩子长成大人，一路跌跌撞撞，摔倒在地的时候，迷茫无助的时候，很想有人在身边安慰和鼓励。我希望自己能够成为这样的人，能够在我的学生需要支持和陪伴的时候，给他们勇气。

看着学生一天天地长大，我自己也在成长。没有当老师以前，我以为长大就是不断地失去纯真，学会世故圆滑的过程，但是在做了老师之后，我发现其实成长还有另外的道路，一条更好的道路，那就是守护着心中真正重要的东西，变成一个更好的自己，一个真正的自己。

高考之后，班上的同学还和我保持着联系，很多学生说他们上了大学之后，有时间还要回来找我玩儿，我会和他们开玩笑说："那时候，我都过气了，你们没准就把我忘记了。"学生说："温老师，你在我们心中永远不会过气。"虽然是玩笑话，但是我心里还是十分感动，在未来的日子里，我和自己的学生见面的机会会越来越少，我们都会为了各自的人生而奔忙，永不停歇，但是我相信，他们每一个人都是值得我为他们骄傲的，他们一定会为了成为最想成为的自己付出百分之百的努力。

而我自己也要为了成为更好的自己而不断地努力前行，这个更好的自己是一场自己和自己的较量。夜深人静的时候，想到自己所经历过的每一天，心里都会产生一种很奇特的感觉，自己仿佛置身于另外一个时空中，时间似乎停滞不前，全世界只有我自己，那一刻，会对自己将要做的事情更加坚定，有个声音也会一直在耳边提醒着我，不要退缩、不要放弃。

我希望自己能够成为一个很努力、很真诚的大人，笨一些、慢一些也没关系，只要不辜负自己就好。我也希望正在努力成长的每一个孩子能够明白，有些东西是你青春岁月里的宝藏，千万揣好它，不要弄丢，当你长大之后会发现，正是因为你一直怀揣着这样一份珍贵的青春宝藏，才让你变成了现在的你，一个更好的你。

　　青春是人生的一个重要坐标，是我们回忆中一条绕不过去的河流，我想做一个称职的摆渡人，将我的学生安然无恙地送到河对岸，目送他们踏上新的旅途。

答案不重要，
我只想做我自己

数学在许多人的认识中都是枯燥的、乏味的，一提起数学就退避三舍，我觉得完全没必要这样。数学是很浪漫的，如果真正走进数学的世界，一定会被它的魅力所征服。我从小到大对文科类的知识都不太感兴趣，可能天生长了一个理科的脑子，凡是需要背诵记忆的知识，都缺乏兴趣，倒是数学让我觉得妙趣横生。不论是小学的时候参加奥数班，还是初中和高中参加数学竞赛的活动，都是我自己的选择，数学就像是一座纵横复杂的迷宫，我觉得只要开动脑筋，就能在里面发现一道又一道隐藏的暗门。

有人会问我学好数学有没有什么窍门，这个我真没办法回答，如果说一定有什么窍门的话，那这个窍门就是你自己的付出和努力。高中数学中会讲到抛物线的概念，我觉得人生也像一条抛物线，有高有低，当你付出的努力多的时候，你就会走向人生抛物线的顶端；你付出的努力少，就会滑向抛物线底部。

起起伏伏，人生就像抛物线一样无限延伸，我们每个人都看不到自己的未来会处于哪个位置，只有不断地付出，才会让我们不断向高处走。至于我们将来能够走多远的路，攀上多高的山峰，都是不可预估的。我不是一个目的性很强的人，虽然对自己的人生也有着短期和长期的规划，但是和结果的好坏比起来，我更享受过程。

大学毕业后，我选择去北京工作，当时主要出于两个方面的考虑：一方面是离家近一些，会更方便将来照顾父母；另一方面是认为北京的选择余地更多，发展空间更大。来到北京后，我进入一家留学机构（因为大学期间，我作为交换生，在韩国留学了两年），做留学教育的工作，帮助一些想要出国的学生咨询国外的学校和各项留学事宜。

我在北京工作了三个月，那段时间，我一边工作，一边考虑这是不是自己想要的生活。庞大的城市像一架永不停歇的永动机，日夜轰鸣运转。每天清晨，我站在上班必经的地铁口，看到人潮像蚂蚁一样进进出出，每个人脸上都带着淡漠的神情，他们急匆匆地赶路，在上班途中匆忙吃掉早餐。在早高峰的地铁上，我挤在人群中动弹不得，从周围乘客的脸上可以看出疲惫和不耐烦。

下班后，或者节假日的时候，想要和朋友约着吃个饭，碰个面，都要早早定好一个距离恰好的位置，见完面之后，再赶回各自的住处。在北京的那段短短时日里，我感觉自己每天都处于疲惫状态，即便夜里躺在床上，也不能安然入睡，脑子里会有好多的事情在打转。这样的生活不是我想要的，在三个月实习期结束后，我回了一趟家，和爸妈商量了一下自己的打算。我那个时候已经想好要去苏州工作了，之前去过几次，心里很喜欢苏州这座城市，觉得不论是工作还是生活，苏州都能让我找到一种归属感，生活得很闲适，事业方面也有不少的选择。

爸妈并不反对我的想法，他们同时也告诉我，如果我愿意的话，留在家乡也是不错的选择，不论是去学校当老师，还是考公务员，他们觉得我都可以做到，而且留在父母身边，他们也能够照顾我的生活，不过他们说了，他们的想法只是给我提供一种参考，至于我自己要怎么做决定，他们不会干涉。

　　还是很感谢我爸妈的开明，他们从来都不会强迫我做什么事情，不论我做什么决定，他们都是默默地支持我。考虑再三，我还是决定只身一人去南方发展，毕竟世界那么大，我想要自己去寻找属于自己的小天地。

　　每个人的生活都不尽相同，有的人朝九晚五，有的人日夜颠倒，有的人忙到没时间睡觉，有的人清闲到整日无事可做，什么样的生活都有，各式各样，眼花缭乱，生活远比数学复杂多了，生活没有标准的答案。我们不能随意地评判别人的生活是对是错，是好是坏，我们只能把自己的生活掌握在自己手中。

　　我不愿承受大都市的快节奏，也不愿留在家乡安稳地过一眼望到底的生活。人生不是一道判断题，非对即错。人生是一道没有答案的应用题，想怎么解答，全看自己是如何做出选择。我去苏州，并不是想着一定要在那里拥有多么成功的事业，做一个让父母感到多么骄傲的人，我只是单纯地喜欢那里，喜欢那里的环境，喜欢那里的气候，喜欢那里的食物……我觉得自己会在那里过得很快乐，所以我才去了苏州。至于到了苏州之后的生活是否会如我所想那般顺利展开，我并不想预先假设，我只是想要在自己最想做一件事情的时候，就认真努力地去做好，结果会怎样，我不会去做无谓的担心。

　　到了苏州之后，我进入一所艺术高中做老师。从高一开始带学生，每天上课、下课，和一群十几岁的孩子在一起，我觉得自己的心态都变得年轻了不少。在苏州的日子，生活和工作都十分简单，工作了一段时间之后，我觉得自己更加喜欢这座不算太大，却处处透着惬意的城市了，也更享受在这里生活的感觉了。有一部我很喜欢的电影叫《心灵捕手》，男主角是后来在《火星救援》中种土豆的马特·达蒙，他在《心灵捕手》里饰演了一个数学天才，虽然智商很高，但是因为缺乏自信而一直蜷缩在人生的阴影中不敢迈出来，他的启蒙老师，也是他的朋友对他说："Now you can know everything in the world, but the only way you're finding out that one is by giving it a shot."

　　这部电影我看了很多遍，这句话也是我非常认同的——你可以了解世间万物，但是追根溯源的唯一途径便是去亲身尝试。

　　如何生活得更好，如何生活得更有价值，这一类的道理太多了。从小到大，我听不同的人讲不同的道理，每个人都觉得他们说的是正确的，希望能够给听的人一些指导。渐渐长大后，我发现压根儿没有一种对所有人都通用的道理。别人的道理是他们根据他们自己的人生总结出来的，我的人生应该怎么规划，当然也应该由我自己慢慢摸索。

　　有时和朋友聊天，他们会说压力越来越大，因为身边总有眼睛在盯着，让他们不敢对生活懈怠，一定要成功才行。听了朋友们偶尔的抱怨，我虽然能够理解他们，但我知道自己一定不会像他们那样，为了介意别人的目光而去努力，因为我会不会成为别人眼中成功的那类人，这件事情对我来说一点也不重要，我更在意的是自己能不能够成为令我自己满意的人，我不想做别人眼中的成功者，我只要做我自己，在我自己心里清楚我想要的是什么，这就足够了。

　　在我的世界里，我可以实现我的每一个人生目标，可以按照自己的步调生活，想偷懒的时候就给自己放假，想努力的时候就给自己鼓劲加油。不论生活变成什么样子，重要的是我有属于我自己的活法，我所有的人生抱负和理想追求，都由我自己一个人说了算，不被别人的意见所左右，也不会受任何旁的声音所干扰。在自己的人生世界中独自前行，不论快慢，都是自己说了算，我觉得这样的人生很不错，是我想要的生活。

独自听话的小男孩

很多时候，我会在想：自己长大了吗？我一直不太能够清楚地认识长大与没长大的分界岭是什么样子的。在我看来，一个人的成长是贯穿一生的，从出生到死亡，每一天都不会停止成长，所以，每当我听到长辈们说"你长大了，要有个大人的样子了""长成大人了，要学会自己独立了"这类话的时候，心里就会暗暗在想，长大成人究竟是以什么为标准来确定的呢？是年龄，还是心态？

　　这个问题，我始终没有找到标准答案。从年龄来说，我真的是一个大人了，但是从心态而言，我又觉得自己还是一个孩子。我不是一个善于表达自己的人，很多时候心里想的，嘴上笨拙地说不出来。每次与父母视频通话，很想叮嘱他们注意健康，不要太辛苦，话到嘴边，又觉得这些话太矫情，不好意思说出口，便换个话题岔过去。自从上了大学之后，每年与父母在一起的时间变得很少，参加工作后更是因为忙碌，别说与父母见面，就连打电话的时间也少了许多。我是家里的独生子，常年不在父母身边，心里会惦记他们的身体是不是健康，平时会不会感到孤单，有时候会幼稚地想自己还是小时候的样子就好了，能陪在父母身边，但是我心里也清楚，时间如流水般不停地向前奔流，我已经被带到了离父母越来越远的地方。

　　小的时候，畅想着自己一个人可以去很远很远的地方看看世界，可是现在又在想，离家这么远，无法照顾父母，当初选择离开家乡的决定是正确的吗？对我来说，长大就是一个在矛盾中不断纠结的过程，但这矛盾不会让我后悔，只会让我更加清晰地认识到自己所要走的路。

　　我从小就是个比较听话，让父母还算省心的孩子。因为我是男孩子，我爸妈希望我能够早早懂事，自己去闯荡这个世界，

这大概是他们认为的最好的成长方式，所以他们不会对我管得太严，只要我不出大的差错，他们都不会说什么。这种宽松的"放养"方式，倒是激发了我对自我深度约束的潜能。从小到大，我要做的事情，我都会尽力地去将它做好。虽然我不是一个完美主义者，但是我会给自己划定一个范围，我会将自己的人生规划进这个范围之内，尽量不出差错。

小时候喜欢画画，拿着画笔在纸上涂涂抹抹，觉得很有趣，那个时候，只要一有空就拿起画笔，在纸上画画，爸妈觉得把画画当作兴趣爱好是很好，但是作为将来的职业选择就不够稳妥，在我爸妈的心目中，画画怎么能当一个职业呢？他们是中规中矩的人，一辈子上班下班，过着与邻居们一般无二的普通生活。在他们看来，我可以有自己的兴趣爱好，但是这一切要建立在我已拥有一个稳妥人生的基础上。

减少画画的时间，将主要的时间放在学习上，对于那个时候的我来说，也不是什么难以接受的事情，在我的印象中，并没有因为这件事和我爸妈吵闹过。我是喜欢画画，但是也没有到必须每天都要画画，要将画画当作自己生活中最重要的事情的地步，所以，我还是将精力放在了学习上，画画的事慢慢地也就搁置脑后了。

读书学习对我来说不算费力的事情。也许是因为我喜欢数学，数学是要求准确的，所以我做事情便也总是要求准确，准确率高了，成绩自然不会差到哪里去。选择一条大部分人都走的路对我来说，就是选择一条准确率相对较高的人生道路，我按部就班地升学、毕业、找工作，虽然没有什么可以拿出来"炫耀"的与众不同的事迹，但是我知道这样的人生也不会出现大的差错。

当然，人生不能等同于做数学题，数学题目的答案可以精准到小数点后好几位，但是人生往往在很多时候，说不清楚是对还是错，对和错全在自己的一念之间。站在不同的角度和不同的立场，看法和想法都不一样。对于我的人生来说，我从来没有要过得多么轰轰烈烈的想法，我只想自己的人生可以充实、自在，家人健康平安，朋友开心快乐，工作和生活都踏踏实实的。

刚到苏州的那个冬天，大概是还没有习惯南方的阴冷气候，每天待在没有暖气的屋子里，身体出现了一点小毛病，两个膝盖莫名开始疼痛。一开始觉得没什么大不了，自己穿厚一些，忍一忍，过几天应该就好了，没有放在心上。每天忙着给学生上课，周末或者是放学之后的时间，也全部都拿来给需要补习的学生上课，自己几乎没有什么休息的时间，爸妈有时候打电话来，我也是报喜不报忧，跟他们说自己一切都好。

对于我来说，一直都希望能够做到自己能扛过去的事情就不去麻烦别人，即便是对父母也是如此。我总是想让他们放心，因为我知道，不论我在别人的眼中是个怎么样的人，但在我的父母心目中，我永远是他们身边长不大，需要照顾和保护的小男孩。对于我独自来苏州工作的事情，父母一直是表面支持，暗暗操心的。在我刚毕业去北京工作的时候，爸爸就拜托他的一个朋友照顾我。那时候我住在爸爸朋友的工作室里，虽然只是一间小小的卧室，但是免去了应付中介、房东这些麻烦的事情，还有一个可靠的长辈随时关照着我，父母多少也觉得放心。

我刚开始来苏州找工作的时候，最初是住在姑姑家里。姑姑家在无锡，离苏州很近，坐高铁大概一二十分钟。那个时候，我投完简历，就坐高铁来苏州面试，面试完了之后，再坐高铁回姑姑家。姑姑总是动员我，让我留在无锡工作，这样她能帮我父母照顾我，身边有亲人在，感觉也会没那么孤单。如果我在苏州工作的话，那里没有亲戚、朋友，我要独自一个人面对所有的事情。我知道姑姑是为我好，为我考虑，但是，我心里就是对苏州有一种莫名的亲切感，很向往那座城市。

我很小的时候，和父母一起来江南玩，在那个时候，对苏州的好感的种子大概就种下了。长大之后，我和朋友再次来苏州旅游，更加觉得苏州符合我心目中宜居城市的样子。我就是这个样子，心里认准了的事情，就一定要去做。在苏州工作，虽然一开始的时候是会感到孤独，但是我并不会觉得失落，反而在深夜睡不着的时候，会在心里无数遍地勾勒未来生活的样子，给自己规划未来的日子，心里觉得很踏实。

我很清楚，自己想要的是什么，我也很清楚自己的优势和短板各是什么。我是一个比较简单的人，和学生在一起让我很放松，我喜欢学校的氛围，我喜欢做老师，教会一个又一个学生，感觉就像回到了上学时候，自己解出一道又一道难题一样高兴。我想要专心做好我自己喜欢的事情，我会如父母希望的那样好好打理我的人生，但是我也会听从自己内心的声音，让自己的优势更加扎实地发展下去。

我不会取巧，也没有应付复杂关系的头脑，我曾想过如果有一天，我不做老师了，我还能去做什么。我想不出更好的选择，所以，在喜欢的城市里，做着自己喜欢的事业，过着喜欢的生活，是我目前来说能够给自己的最好的交代。成长是一个后知后觉的过程，每个人的成长都是独一无二的，我永远都是父母心中那个懂事、听话的小男孩，也还是会坚持自己独立选择的自由。

一个人的格式化

做老师有一个让人羡慕的好处——每年都有两个长长的假期。学生一放寒暑假，校园里就空荡荡的，十分安静，随着一个学期的结束，老师也可以好好休息一段时间了，但是对于我来说，寒暑假有时会比开学后更加忙碌，给学生补课的日程会早早就安排好，一些在外地的同学想要找我补习，我也要留出给他们上网课的时间，常常是一大早睁眼就开始上课，一直到夜里才会结束。

有一年暑假，因为补课的学生很多，我连轴转了两个月，几

17

► 人生是一道难解的数
学题，我们都开动脑
筋，想要答出百分之
百正确的答案，可我
觉得答案并不那么重
要，真正重要的是在
解题的过程中，我们
学到了什么。

乎一天都没有休息，每天上课的时间在10小时到12个小时不等，身体最终有点吃不消了，咳嗽了好长时间都没有好转，爸妈和我打电话的时候听出我的声音有异样，他们担心我把自己给累病了，再三敦促我去医院做个检查。妈妈担心我不停地咳嗽是因为肺部有问题引起的，那段时间，她天天催我上医院，我不想让她在家里担心，也怕她一心急，千里迢迢从老家赶到苏州"押解"我去看病，就选了一个不忙的日子，跑去医院挂号看病。

轮到我的时候，医生让我先去拍个片子，看看片子再说。在拍片之前，护士提醒我手机、钥匙这些东西不要带进去，我就只好请护士站的人帮我看管一下。护士问我，没有人陪着来吗？我说就我一个人。护士看了看我，把我的东西接了过去。从那个护士眼神中，我可以看出她内心的潜台词：这个病人都没家属陪，也是蛮惨的。

在医院检查完之后，医生说没什么大问题，让我多注意休息，平时不要太劳累。我把检查结果告诉了爸妈，让他们放心。后来，妈妈还是跑来照顾了我一段时间，给我做饭，打理家务。平时一个人在外面，吃饭总是能凑合就凑合，能吃到妈妈做的饭菜，心里还是觉得很幸福的，就好像回到了小时候，每天放学一回到家，厨房里就飘出了熟悉的香味，自己只要洗手坐到餐桌旁等着吃就好了。

妈妈在苏州住了一段时间，我还是让她回家了，我有自己的生活，妈妈也有她的生活，我不想让她为了照顾我，每天就是给我打扫卫生、做饭，我希望妈妈能够按照她自己的想法安排她的生活。在车站送妈妈上车，我对她保证了好几遍，自己会按时吃饭，好好照顾自己，她才不情不愿地上了车。

虽然我也舍不得妈妈，但是我总要学会一个人面对生活。上大学之前，我一直在妈妈的照顾下生活，上了大学之后，独自出门在外，过上了集体生活，大小事情都要自己做，刚开始的时候是有些不适应，但是有什么办法呢？只能自己去想办法一一克服。我始终相信自己是最好的依靠，而不是去求助别人，只有让自己不断强大起来，才能应对将来可能会遇到的一切问题和困难。

我在读师范大学的时候，把自己给格式化了一次，把离家前自己身上所带着的毛病和缺点统统消除，融入集体生活中，参加各种社团活动。课余时间，我还和几个同学去兼职家教，除了可以赚取一些生活费，还能够锻炼自己的能力，让大学生活在丰富多彩的同时，自己也能够锻炼得更加独立、自主。

在进入社会之前，要先有能力让自己坚韧起来，可以抵御风霜刀剑。我是一个很要强的人，我常和朋友说，我可以不好胜，但我一定要强。在我看来，和别人攀比是没有意义的，我只和我自己比，我希望自己的今天可以比昨天做得好一点，明天会比今天做得再好一点，这每天都好的"一点"，累积起来，就是铺就我人生道路的碎石子。

因为我很好强，所以我会经常地否定自己。自我怀疑是维持我内心世界秩序的原则，我总会觉得自己做得不够好，总想要不停地修整自己。在我看来，自己就像一台电脑，要不停地格式化，清理旧程序，才能添加新程序。

大三的时候，学校有一个出国留学做交换生的机会，我当时觉得留学对自己来说是一个增长见识的好机会，便报了名，想要试一试。当时没有多想，只是觉得能够出去留学，多修一个学位对自己来说当然是好事；如果没有得到这个机会，我也算是努力争取过了，心里也没什么好后悔的。

当时有两个选择，可以去美国的大学，也可以去韩国的大学，最初的时候，我想要去美国的大学，但是在和负责出国留学的老师交流后，我觉得自己的英语是短板，短时间内可能无法达到美国那所学校的要求。认真考虑之后，我选择了韩国的那所大学，原因有两个，一个是去韩国对语言的要求低一些，入选的机会更大一些；另一个是韩国那所大学有我喜欢和感兴趣的专业，我觉得去韩国会更适合我。

一番折腾之后，我和物理系的一个同学被选中了去韩国留学，我把这个好消息告诉父母之后，他们也很为我高兴，但同时也有些不放心，我要独自去异国他乡读书，在那里的任何事情都只能靠自己撑着，他们一点忙也帮不上了。对于爸妈的担忧，我倒是觉得完全没问题，独自生活对我来说早已经不成问题，就算在韩国遇到自己一时解决不了的难题，还有同学、老师可以求助。再说了，人生本来就是不断面临问题、解决问题的过程，如果总是瞻前顾后，也就没办法走太远了。

去韩国读书之前，我尽量准备周全，该考虑的因素都尽量考虑到，不想自己到时候手忙脚乱的。大学的时候，我是班长，我去了韩国的话，负责的事情需要有人接替，我就和老师还有同学们商量班长工作交接的事情，把平时班级里的事情都交托给新班长负责，还有我在学生会的一些事情，也都提前做好交代工作。有的同学笑话我，说我比他妈妈还操心，每件小事都不放过，要尽力去做到位。

我也不否认，我的确是个操心的人，不光给自己操心，还替别人操心，看到朋友或者周围的人有的事情没有做好，就忍不住想要上前搭一把手。性格是不容易改变的，我也不想改变自己，我觉得凡事考虑得多一点不是坏事。我从小时候起，就是一个想问题比较全面的人，就好像做题，别的孩子只要做出一个答案就放到一边了，我还要想一想是不是会有第二种解出答案的可能。对于我自己的生活来说也是如此，我希望能够把方方面面都考虑清楚，让自己做的每一个决定都建立在明确、清晰的认识上，而不是蒙着头随便做出决定。在我看来，这是对自己负责。

不断地将自己格式化，清空一些废弃的东西，这样才能给新事物腾出可容纳的空间，人的精力和时间都是有限的，如果一味地把精力放在没必要的事情上，不但手头的事情没办法做好，想做的事情也不会有精力去好好完成。在我看来，生活就应该简单、明朗一点，不要优柔寡断，该取舍的时候就要知道什么该放弃，什么该留下。

考试的时候，一个常用的答题方法就是发下试卷来，首先把自己会做的题做好，将答案不是很肯定的题目留在其次做，最后如果有时间，就去攻克那些不会做的难题，这样的得分率是最高的。其实，人生也如同考试一样，如果一边做着简单的题目，脑子里又一边想着不会做的难题，那么到最后什么都做不好。

不要总是担忧着你会失去什么，要多看看你手里能够留住什么。聚沙成塔，积少成多，这是我们小学时候就学过的成语，只是很多人在长大之后，渐渐忘记了那些最初懂得的最简单的道理。

给我一点时间，找到自己的位置

我参加工作的时间虽然不算长，但是我知道自己每一年都在尝试着多方向的进步，我的努力也在不断得到别人的认可，这是让我很欣慰的事情。

刚做老师的那段时间，总是有许多的质疑声砸向我。一些学生的家长觉得我看起来太年轻，和班上的同学站在一起，不像是一个老师，倒更像是他们的同学。这些家长担心我没办法胜任数学老师的工作，毕竟数学是一门很重要的主课，他们担心我教不了，耽误他们孩子的学习。

对于家长的这些担心，我是完全理解的，换位思考，如果我是家长，看到我的孩子的老师还是一个不成熟的年轻人，我心里也会放心不下。所以，我就尽量地多和家长们沟通，多向他们解释我对教育的理解。我上学时候的老师大多很严厉，上课不苟言笑，打扮和穿着都很成熟，和学生之间有很强的距离感。这在我看来，未必是可取的，十几岁的孩子心理和生理都在不断成长，他们渴望得到认可，更希望被人尊重。

青春期的孩子，任何一点小事都可能会让他们的逆反心理加重，对他们来说，在学业上遇到挫败，是很伤自尊的事情，毕竟每个人都希望自己是最棒的，不希望被人看扁。但是数学的确又是许多学生的硬伤，是他们难以攻克的一道难关，如果我不能够站在他们的立场去替他们着想，而只是扮演老师的角色，给他们上课，布置作业，在他们考试成绩不佳的时候，严厉地批评他们，那我觉得自己身为老师，所承担的职责太单一了。我希望我教授的不仅是一种学习方法，更希望能够传递给我的学生一种生活的力量，让他们有更好的能动性去应对将来人生中会发生的一切未知。

作为老师，我当然希望我的每一个学生都能有好成绩，更希望他们有主动的态度去学习。我很少批评学生，就算他们上课调皮，作业完成得不认真，或者做了其他的一些小动作，我也不会当着全班同学面去斥责，而是会在私底下去找他们聊，和他们平等地对话，认真地听一听他们心里的声音，而不是居高临下地一味批评和指责。

刚进入苏州这所中学教书的时候，我上的第一堂课是和学生们互相介绍认识，和他们建立起一种亲密、相互信任的关系，当学生对老师产生了信任的好感，他们自然会对老师说的话更重视些，这是我在大学做家教时找到的一个小窍门。

大一的下半学期，班上有同学开始兼职做家教，我也利用空闲时间找了一份家教的工作。我第一份家教工作，是辅导一个上初中的小男孩提高数学成绩。那个小男孩很听话，也很乖巧，一开始的时候，他不太爱说话，也不会主动向我问问题，为了消除我和他之间的陌生感，我没有急着给他讲解题目，而是和他先聊了会儿天，问问他的兴趣爱好，聊一聊像他这么大的孩子喜欢看什么动漫和电影，我也会和他分享我小时候喜欢看的漫画书和电影，还和他讲了我小时候的一些趣事。

慢慢地，这个小男孩话变得多了起来，对我也不像刚开始那样冷淡了。顺着聊天的话题，我会接着问他觉得数学哪里难，为什么数学成绩会上不去，等等。小男孩把我当作了一个知心的哥哥，而不是给他补课的老师，他会把自己的困难都告诉我，然后我通过他所说的了解其在学习上遇到的问题，再"对症下药"，这样帮助他补习功课，就会事半功倍。

后来，这个小男孩成绩提高得很快，对数学也有了兴趣。他其实很聪明，不懂的地方只要一点就透，之前他的成绩不够好，只是因为没有找对方法，对学习也无法产生积极的兴趣。我给他补习最后一节课的时候，他特别舍不得我，一个劲地问我什么时候再到他家里来玩，还说要给我吃他最喜欢的零食。

之后，我陆陆续续还给几个孩子做过家教，也是用的同样的办法，不会进门第一节课就让他们拿出试卷来做题，而是先和他们熟络起来，让他们放下对老师的防备心和警惕心，然后再一点一点地了解他们在学习上有什么问题，我再想办法帮他们解决。在我的眼里，没有笨学生，只有不用心的学生。当学生肯主动把心思放到学习上去，提高成绩就只是时间的问题了。

不论是小学生、初中生，还是高中生，贪玩总是免不了的，坐在教室里做作业，听枯燥的讲课，当然比不了去外面玩的吸引力大。我也是从这个阶段过来的，很了解这个年龄的孩子喜欢什么，讨厌什么。我上学的时候，也总想着怎么能多打一会儿篮

球，怎么能多看一会儿漫画书，所以，我觉得贪玩不算什么坏毛病，如果加以引导的话，还会成为督促学生努力学习的一个"偏方"。

我虽然平时在班里不怎么批评学生，但是我总是会鼓励那些努力学习、成绩进步的学生。付出就值得赞扬，不论是小测验，还是期中考、期末考，我都会带成绩进步了的学生去吃好吃的，还会带他们去游乐场玩。有的时候，我会在网上买一些学生们喜欢的小玩意儿送他们。

学习的时候要努力认真，玩的时候也要一心一意，玩到尽兴。我总对我的学生说学要学好，玩也要玩好，该学的时候就认真学，该玩的时候就不要再想学习的事情，如果一边做作业，一边惦记着出去玩，或者一边玩，心里又想着家里还没完成的试卷，那就什么也做不好。

这种激励的方法也很好用，学生觉得自己的努力得到了认可，他们会继续保持用功的态势，而那些成绩暂时落后的同学也会很羡慕那些得到我的奖励的同学，他们就会在心里暗暗鼓劲，让自己下一次也考一个好成绩，这样我就可以带他们去吃好吃的，玩好玩的了。

批评和惩罚永远不会是最有效的方法，鼓励和尊重才是真正站在学生的角度为他们考虑的方式。

有这样一个故事，一个驯兽师负责训练狮子跳高，一开始的时候，这个驯兽师会把绳子的高度放得比较低，狮子能够轻松跃过，当狮子跳过绳子之后，驯兽师就会给它扔一块肉，或者抚摸它作为鼓励和赞赏。驯兽师并不急于给狮子加大难度，每次训练，绳子提高的速度不会很快，狮子在不知不觉中，一次比一次跳得高，有的时候，狮子没有很好地完成，驯兽师也不会惩罚它，还是会很好地安抚它，让它下一次继续努力。

同样的道理，我对待学生也是这样，鼓励是帮助学生建立自信的一个很重要的因素，而且十分管用。

我初中的班主任是我的数学老师，她是一个很好的老师，很认真、很负责，最重要的是她关心学生的健康远大于学生的成绩。中考结束后，我的成绩刚刚超过重点高中的录取线，虽然能够进入重点高中的大门，但是没能分到最好的班级里，被分到了普通班里。

班主任知道后专门找我聊天，和我说了很多话。她说其实上哪个班并没有那么重要，重要的是自己的态度，学生时代一次又一次的考试都只是人生中小小的较量罢了，要重视，但也不要过于放在心上，每个人都不能保证自己一辈子都顺风顺水，一切如意的。谁都会经历一些坎坷，这些挫折都是以后人生的宝贵财富。老师让我以平常心对待每一次成功和失败，过去的事情不论好坏，都是不用留恋的，不断地向前看才最重要。

这么多年过去，班主任和我说的那番话，我还记忆犹新，我也会这样教我的学生，希望他们将来不论人生怎样发展，都能保持平和的心态。我觉得老师的职责就是这样吧，就像花园里的园丁，精心栽培好每一棵花苗，好好保护这些花苗，但绝不让他们成为温室中的花朵，会教给他们如何生存的技能，也会给予他们面对狂风暴雨的勇气。

在做老师的过程中，我慢慢找到了自己的人生价值，我觉得我在和我的学生一起成长，他们在摸索着自己人生的道路时，我也在寻找着自己的位置，我的学生也教会了我许多东西，他们让我每天都过得很快乐、很纯粹，在他们身上，我感受了美好的青春气息，让我觉得整个世界安宁而恬静。

02

平行宇宙中，我们相亲相爱

给我勇气和力量，让我在追寻梦想的道路上不断前行、不会退缩的动力，就是家里爸爸煮的海鲜，妈妈的唠叨。在我的生活中，最大的幸福不是诗和远方的美景，而是就在身后的爸妈掌心的温暖。

变成你，是后知后觉的事

父亲节的时候，给爸爸买一份礼物寄回家，或者在节假日的时候，给爸爸发一条祝福微信，是我最近两年才学会做的事情。小的时候，爸妈由于工作忙的原因，我大部分时间是和爷爷奶奶生活在一起的，老人对小孩子总是很宠爱的，爷爷经常背着我上街去玩儿，给我买好吃的，还买好玩的。小孩子很懂得看人下菜碟，我小时候就认准和爷爷奶奶在一起，即便我做错了什么事情，他们也不舍得说我，所以，我很喜欢住在爷爷奶奶家，爸爸妈妈没空管我，我反倒觉得更自在。

"无法无天"的童年当然是随着爸爸妈妈把我接回家就很快结束了。爸爸是一个话不多，有点闷的男人，小的时候，我还是有点怕他的，因为我分不太清楚他板着脸的时候，心里是高兴还是生气的。

爸爸当过兵，性格很刚硬，脾气有时候也有点急，我不听话的时候，他会直接上手把我胖揍一顿，利用手边一切能拿到的工具，顺手拿起来就抽在我屁股上。有时候，我妈看不下去会拦着他，但是爸爸力气很大，妈妈的阻拦通常没什么效果，我该挨的揍还是少不了。所以，我从小就不太和爸爸亲近，有什么事情也只是和妈妈说。

青春期的时候，多少有些叛逆，觉得自己长大了，凡事都有自己的主意了，不太想听家长唠叨，父母如果说多了，就会觉得他们很烦。上初中的时候，有一阵子迷上了打游戏机，常常在放学后不回家，跑到游戏机房里去打游戏，我爸每发现我一次，就会揍我一顿。那时候我觉得跟我爸特别没办法沟通，我和他说什么，他都听不进去，估计我爸那时候也是这样想我的，他和我说的那些话，我也一个字都听不进去，觉得他什么都不懂，不想听他给我讲的那些大道理。

我爸是属于沉默如山的那种，不是很善于表达，他对我的关心和爱一直放在心里，他明明是担心我学坏，但是嘴上却不能好好和我沟通；他明明很关心我，可是看到我又总是板着一副面孔，让我不敢太靠近。因为我爸的不善言辞，有一次还让我觉得很丢脸。初中一次期末考试，我考了第三名，老师通知家长到学校开家长会。以往的家长会都是我妈来参加的，那一次，我妈正好有事情不能去，我爸就代劳了。教室里坐着同学和同学的家长，老师照常说了一通希望家长帮着学校一起监督孩子学习之类的话，然后就表扬考得好的同学，还请考在前几名的同学家长发言，讲一讲他们在家里是如何帮助孩子学习的。

轮到我爸发言的时候，我满心希望他能说出一番"震慑全班"的话来，让班上的同学都觉得我爸爸很厉害，可是我爸只是站起来特别仓促地说了一句："我们平时也不怎么管他，都是靠他自己。"说完后，我爸就坐下了。当时都冷场了，老师大概也没有想到我爸居然这么"少言寡语"，别的同学的家长也在默默看着我爸和我。

我当时特别无语，觉得自己很没有面子。别的同学的家长都是口若悬河地称赞自己的孩子，只有我爸一副事不关己的样子，好像他来参加自己儿子的家长会，只是顺便来当一个现场观众而已，当时我心里埋怨我爸不会说话。后来我慢慢长大，才渐渐理解了我爸，一个本来就很内敛，不善表达的男人，在那么多人面前怎么会滔滔不绝地夸赞自己的儿子呢？不管在他心里觉得我是多么棒，表面上他也是不会显露出来的。

其实，在我青春期的那几年，我总想和我爸作对，不过是想多引起他的注意，想听他多称赞我几句。在我当了老师，和班里那些半大不小的孩子有了深入的接触和了解后，我才恍然大悟自己少年时的那些小心思，想想挺可笑的，可是我也正是从自己那些小心思中发现，原来我是这么爱我爸，我希望他能够把更多的注意力放到我身上，我希望在我考出好成绩时，获得竞赛证书时，篮球比赛取得胜利的时候，他能够拍着我的肩膀大声说："儿子，你太厉害了。"

孩子都希望得到父母的褒奖。对于男孩子来说，父亲是他生命中最重要的一个男人，父亲总是儿子不断想要模仿、想要接近的人。对于我来说，我爸随口无心的一句夸赞，就会让我在心里乐好几天。听人说过一句话："当父亲之前的男人都是少年。"我想我爸也是在有了我之后，才慢慢学着如何做一个父亲，学着如何承担起一个家庭的重担，学着如何照顾我、教育我，他是第一次当爸爸，我也是第一次当儿子，我们在相互陪伴的前十几年里，互相磨合。我小时候总在心里偷偷地想，我爸为什么不像别

的同学的爸爸那样幽默？为什么不像别的同学的爸爸那样给我买好多玩具……

长大之后，我才真正懂得了爸爸对我的爱。现在我一个人在苏州工作，离家很远，我妈给我打电话叮嘱我照顾好自己的时候，我能听到我爸在一旁的声音，他还是一如既往地不善表达，电话里能够听到我妈唠唠叨叨的声音，我爸偶尔附和几句，大部分时间都不出声，可是我知道他就在电话的旁边，我有时候也会想要和我爸说让他注意身体、我很想他之类的话，但是都没能说出口。

想起小时候，我爸去学校接送我，那时候他那么高，我得使劲迈步子才能跟得上他的步伐。现在他一年比一年老，我每次回家都能发现他的白头发又多了一些。过年的时候，吃过饭，我陪我爸下楼买东西，才注意到他的背驼着，步子也放慢了许多，小时候我总是要仰着头才能看到他的脸，现在我都能看到他头顶稀疏的花白头发了。

我不知道自己当了爸爸之后，会是一个怎样的父亲，但我想我应该也会和我爸一样，为了自己的孩子，竭尽全力去做自己能做的一切。我从来没有告诉过我爸，每次节假日回家和他相处的日子，是我最珍惜的时光，我很希望自己能够有更多的时间陪他，哪怕不说话，就是在客厅的沙发上，他看电视，我玩手机，对我来说也是最幸福的时刻。

有时候走在街上，偶尔看到一个适合送给我爸的东西，就会毫不犹豫地买下来，给他的时候，他总是嘴上说我又乱花钱，他根本用不着。但是我能够看到他眼睛里闪着喜悦的光芒。我妈说我送我爸的东西，他隔几天就会拿出来摆弄一番。这么多年，我爸还是没有学会怎么表达自己，但是还好，这些年，我渐渐长大，我懂得了如何去读懂我爸的内心世界，也了解了他对我的爱。

每次我离开家的时候，我妈忙忙叨叨地给我收拾行李，问我这个要不要带，那个要不要带，我爸会在一旁说，他都那么大了，自己还不知道自己需要带什么吗？

　　我妈会反驳说："他再大，在我眼里永远也只是个小孩子。"我爸不和我妈争辩，坐在一旁不吭声，要么翻开一本书看，要么有一搭没一搭地和我说话。我知道他也舍不得我，只是不会像我妈那样明显地表现出来。到了机场的时候，我总是让他们赶紧回去，但他们一定要看我进去才肯离开。我拖着行李回头看，我爸眯着眼睛望着我，目光中满是不舍，但他还是一个劲地朝我摆手，让我快点进去，别耽误了时间。

　　父子一场，在人生渐行渐远的道路上，我希望自己能够成为让我爸越来越骄傲的儿子，也想请时光慢慢走，让我能多陪我爸一些岁月，越久越好。

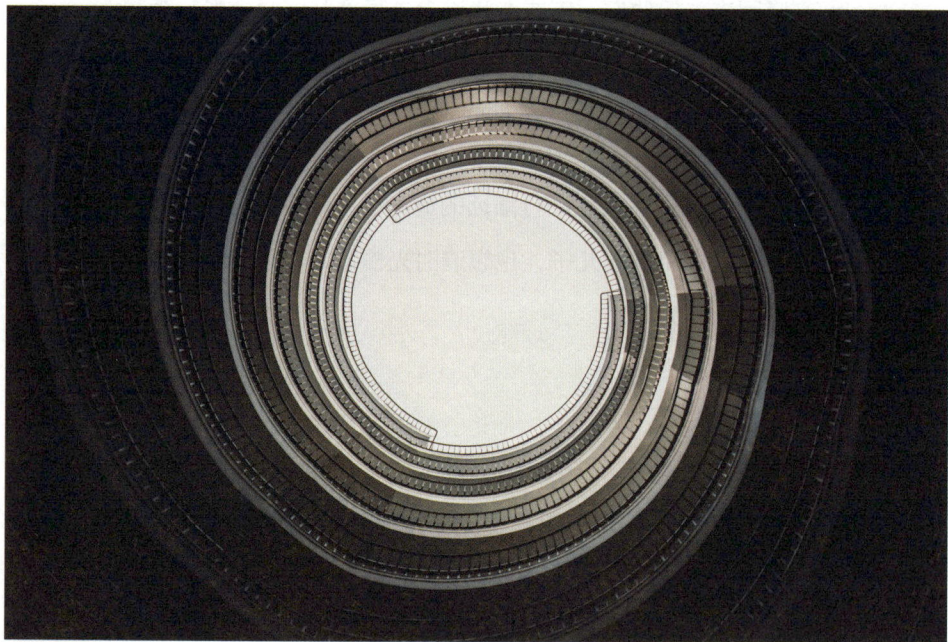

父子一场，在人生渐行渐远的道路上，

我希望自己能够成为让我爸越来越骄傲的儿子，

也想请时光慢慢走，让我能多陪我爸一些岁月，越久越好。

给我勇气和力量，让我在追寻梦想的道路上不断前行、

不会退缩的动力，就是家里爸爸煮的海鲜，妈妈的唠叨。在我的生活中，

最大的幸福不是诗和远方的美景，而是就在身后的爸妈掌心的温暖。

最高级的爱，是你掌心的烟火气

我和我妈的关系很亲近，她就像是我的一个知心朋友，我有什么心事都可以和她分享，她会给我出主意，有时候也会揶揄我、打趣我。和我爸比起来，我妈更像是一个小孩子，像我的同龄人，我们更能聊得来一些。

说起来，我的性格应该是受我妈的影响多一些，她对生活特别积极，性格也特别阳光，好像天大的事情在她眼里都不算什么，她不会怕事儿，也不会躲事儿，不管遇到什么困难，她首先想到的是如何去解决，而不是逃避。我常常想，我这种不服输的要强劲头，应该大半是继承了我妈的基因。

我妈是一个特别有"女神范儿"的人，长得特别漂亮，性格也很好，开朗活泼，很随和。听家里的长辈说，我妈年轻的时候，追求者特别多，但是她一个也看不上，最后就选中了我爸。我偷偷问过她为什么会看上我爸这个"闷葫芦"。我爸长得一般，工作一般，家境也一般，这么"一般"的一个男人，在当时追求我妈的人当中，肯定是很不起眼的，这么不起眼的男人，怎么就获得我妈的倾心了呢？我妈开始不愿意和我说，后来在我软磨硬泡下，她才告诉我，她不看那些外在的东西，长相不重要，看得顺眼就行，工作也无所谓，只是一份养家糊口的职业而已，她看中的是我爸这个人。我妈和我爸是经过别人介绍，相亲认识的，我妈当时觉得我爸虽然不怎么会说话，也不知道怎么讨女孩子欢心，但是我爸能给她一种特别踏实、心安的感觉。

对于我妈来说，她结婚图的不是这个男人有多少钱，家里有多高的地位，她最看重的是这个男人是否真心待她，能不能和她相濡以沫一辈子，不论他们一生中会遇到什么，这个男人都愿意和她携手面对，一起度过。在对我的教育上，我妈也始终告诫我，一个人的幸福不是建立在物质和财富的基础上，关键是要有爱。

事实证明，我妈的眼光还是很独到的，我爸和我妈平时也有小打小闹，两个人在一起生活，争争吵吵避免不了，但是我能够看得出来，我爸是发自内心地照顾、关爱我妈，他们大半辈子风风雨雨地走过来，特别恩爱。我妈不擅长做菜，家里的厨房的事情基本就被我爸给承包了，我也从来没听他抱怨过什么，每天一到饭点就钻进厨房里，不大一会儿就能给我和我妈做一桌子菜出来。

我妈偶尔做一些自己拿手的简单菜肴，比如拌个凉菜，包个饺子，我爸都会狠狠地夸她做得好吃。在我爸妈身上，我看到了一对夫妻最家常的爱，也是最高级的爱。两个人的眼里永远都有对方的影子，看在眼里，挂在心上。在我爸妈身上，我有了关于自己未来婚姻生活的最好设想，一个家不一定要有多么富丽堂皇，不一定要有许多的奢侈品，只要有爱，就能够撑起一个完整的家。

我觉得我爸妈就是人生的赢家，在别人眼中，他们可能拥有的东西并不多，但是我知道，在他们心里，他们拥有了全世界最好的东西。我妈常常拿我爸开涮，说嫁给我爸后悔了，当初应该找个更好的。可是我看她说这话时的样子，嘴里一边说，眼睛一边瞅着我爸，眼底全是满满的笑意，分明就是在逗我爸，让我爸跟她说点好话哄哄她。

两个人生活在一起几十年，还能够每天把日子过得有滋有味，像年轻人一样逗乐子，爱情的这碗汤始终冒着热气，我作为他们最亲的人，也常常会被他们的爱情所感动。常常看到有人因为哪个名人分手了，离婚了，就高喊着再也不相信爱情了，我觉得大可不必如此。回头看看自己父母的爱情，没有高调的海誓山盟，没有整日腻在一起卿卿我我，但是几十年如一日的细水长流，正是爱情最好的解读。

在我这个幸福的家庭背后，能够看到我爸妈的用心经营，他们彼此相爱，用爱撑起了我们这个家，他们又用爱为我撑起了一片天，让我知道，不论我在外面怎么样，只要一回到家里，就有可口的饭菜，还有我妈的唠叨声、我爸的照顾。我想真正的爱是看得见、摸得着的，因为爱会从心底蔓延，萦绕在你生活的每个角落，随手可以拿起的报纸杂志，厨房里永远冒着热气的汤锅，床头摊开着看了一半的书，这些都是爱的体现。

我有时候给学生补课，晚上回到家就十一二点了，嗓子因为说话太多，难受得连口水都喝不进去，一头栽到床上动也不想动，心里就会很想家，想念爸爸做的海鲜，想妈妈给我切的水果，想念家里时时刻刻飘出来的饭香味，想念爸妈温热的掌心的温度。正是因为离家的这几年，一个人在外地过着孤单的生活，虽然说平时工作中有同事在一起，下班后可以和朋友一起聚聚餐、唱唱歌，但是当我回到家里，推开门时，里面漆黑一片，我知道没人在等我回家，心里还是会觉得寂寞。

在我心里，能想到的最好的家的模样，就是窗口永远亮着一盏等我回家的灯，还有推开门就能闻到的饭菜香味。我也总是和我的朋友们说，如果将来我有了一个小家庭，我一定会让家里充满烟火气，因为那才是生活真正的气息。对于我这样一个满脑子数理化公式的人来说，我没有那么多风花雪月的想法和念头，我不相信什么"爱的感觉""心动的感觉"，那些在我看来都太过虚幻缥缈，不切实际，我更相信我能感受到的东西，我的嗅觉、视觉、听觉都能感受到的东西是我更愿意相信的。

我工作之后，我爸和我妈在家很清闲，我爸就总是琢磨带我妈去哪儿旅游一圈，给我妈做点什么好吃的。爱就这样寻常可见，也是这样弥足珍贵。爱一个人，会将这个人的一切渐渐包容进自己的心里，两个人在一起，最后会活成一个人一样。

在网上看到一个段子，孩子在家里总是喊："妈，我袜子放哪儿了？""妈，我衣服挂哪儿了？""妈，中午吃什么呀？""爸，我妈去哪儿了？"其实这也是我平日在家的真实写照，不管有事没事，我都喜欢找我妈，听到她应答，心里就会很踏实，工作以后，好久听不到她和我爸的声音，心里觉得好像空了一块。

看过一期《奇葩说》，讨论的是与亲人有关的话题，高晓松在里面念了一首诗，我很喜欢：

你是那颗星星

我是你旁边的这颗星

我的整个轨迹是被你影响

即使有一天这颗星星熄灭了

它变成暗物质

它变成了看不见的东西

它依然在影响着我的轨迹

你的出现永远改变着

我的星轨

无论你在

哪里

　　我不论将来走多远，离家有多久，只要想到家里有爱我的父母，就什么都不会害怕了，因为我知道，他们会永远在我身后鼓励我、支持我；在别人都关注我有多成功的时候，只有他们会从心底关心我累不累、辛不辛苦。

　　所以，给我勇气和力量，让我在追寻梦想的道路上不断前行、不会退缩的动力，就是家里爸爸煮的海鲜，妈妈的唠叨。在我的生活中，最大的幸福不是诗和远方的美景，而是就在身后的爸妈掌心的温暖。就像小时候一样，有他们牵着我的手，我就不怕摔跤、跌倒，现在，有他们的爱在我身后，我就不怕风雨路长，只会更加勇敢。

爱情就是冲破初始值

有一天，一个朋友在吃饭的时候突然问我："你的爱情观是什么？"我正在夹菜的筷子差点掉到餐桌上，这个问题太宏观了，我不知道该怎么回答。我最怕别人问我什么人生观、价值观这类的问题。套用韩寒电影里的一句台词："你连世界都没有观过，哪来的世界观……"我才活了二十几年，见到的、听到的都还太少，我自己也不清楚自己对于世界持有什么样的态度，我也不清楚自己的人生态度是否会随着时间的推移而发生改变。

对我来说，一切都是变化着的，没有什么会是一成不变的，所以我内心并不相信爱情电影里所讲的那种"一眼认定""绝不变心"的故事桥段。我也很少看爱情电影，觉得那些甜到齁的情节不过是编剧们想方设法用来打动观众的艺术设计而已。在我心里，爱情会来，也会走，就像一趟停靠在月台的列车，你恰好上去了，便是赶上了那一次闯入你生命的爱情，当你中途因为种种原因下了车，便是与这段爱情错过。人的一生，谁也说不清楚会踏上几趟列车，会遇到几次爱情。

考虑事情，我习惯用理性思维。理科生的脑子告诉我，要相信这世界上会有真正的、纯粹的爱情，但是也要相信这世上还有更多值得自己去做的事情。我不是一个"爱情至上"的人，也不是一个为了爱情就不管不顾的人。我觉得严格意义上来讲，爱情其实就是因为相关的人，或者一些事情让人类大脑里产生了大量多巴胺的结果，多巴胺会让人感到兴奋和开心，所以，总有人说爱情让人陶醉，我想，从科学的角度来讲，这大半要归功于多巴胺的功劳。

促使大脑分泌大量的多巴胺，香烟也是可以做到的。许多吸烟的人在烟瘾犯了的时候，抽一支烟，他们往往会觉得很开心，就是因为尼古丁让他们头脑中的多巴胺加速分泌，这也就是为什么有烟瘾的人抽烟的时候会很满足、很开心，而在戒烟的时候会很难受，感到焦躁不安。

　　我是一个烟酒不沾的人，我觉得那是一种坏习惯，会让人上瘾。我不习惯依赖别人，更不习惯依赖烟酒。我身边如果有朋友抽烟或者喝酒，我也会尽量劝他们戒掉，首先是对身体不好，毕竟尼古丁和酒精会对身体造成伤害；另外一个原因就是任何上瘾的东西，都会让人产生依赖性，这种心理上的依赖会让人产生惰性，生活中一遇到问题，第一时间就想着用抽烟、喝酒来缓解焦虑。

　　可能是我凡事都喜欢理性分析的原因，对待每件事情，我都是比较理性的，很少有头脑一热就去干的情况。上中学的时候，身边的同学会暗恋某个人，偷偷写情书，或者传纸条，我觉得做学生还是应该把主要精力放在学习上，学习以外的事情会让我分心，而且我觉得考上大学之后，中学时期的恋爱因为远距离的原因"夭折"的概率很大，既然注定会结束，那又何必要开始呢？

　　当时，我真的就是这样想的，觉得没必要把时间浪费在这上面，所以，我的恋爱开始得很晚。我不是一个很懂浪漫的人，也不太会琢磨女孩子的心思，在谈恋爱之前，我也和自己的好哥们儿聊过，如果自己将来找女朋友了，会找一个什么样的。在我们每个男生的心目中，都有一个关于"初恋"的美好想象，有的说希望女朋友是长头发、大眼睛的，有的说希望女朋友聪明活泼的，还有的说希望女朋友幽默风趣的。轮到我的时候，我也懵懵懂懂地说了几句，其实自己也不知道自己到底喜欢什么样子的，只是凭着感觉认为，自己想象中的女孩，应该是自己喜欢的样子。

一直到真的谈起了恋爱，才发现和自己最初设定的条件一个都不匹配，也是那时候才明白，爱情就是冲破初始值，完全不能用科学和理性来分析的一种情感。不论你最初给自己设定的初始值多么精准，当真正的爱情降临到你的生活中时，你会惊讶地发现，原来自己爱上的这个人，和曾经想象中的人是多么不同。

一度我也困惑过，觉得爱情很难理解，比高等数学还要难捉摸，没有固定的公式，没有规律可循。也许你曾想过自己会喜欢一个善解人意的女孩，但是最后你可能偏偏会对一个脾气火暴的女孩儿动心；也许你觉得自己应该会喜欢大眼睛的女孩，但是你找到的女朋友可能偏偏就是一双小眼睛；也许你一心喜欢的是小鸟依人的女孩子，但是最后会对"野蛮女友"投降也没准。

人类就是这么复杂多变的生物，脑子里复杂的情感和思维，远不是简单的数学公式和推演计算就能够演算出来的。对学业一向不在话下的自己，在爱情中，却是一个连及格线都达不到的差生。总有一些人，直到自己分手了之后，才惊讶地觉察到自己也是谈过恋爱的人。我就是这样的一种人，分手之后，再想起那段恋情，才觉得自己表现得很差劲，那个时候我竟然做得那么不好，想起来自己都会替自己脸红。也曾沮丧地和朋友说自己可能是个天生情商很低的人，不会谈恋爱，不懂爱情到底是什么。朋友说恋爱哪有什么会谈不会谈，缘分到了，你只管接着就好。

朋友的话很有道理。我是个一根筋的人，做任何事情总是要分析前因后果，把爱情也当作解应用题一样，想要把题目分析透彻再作答，但是爱情是有时效的，在我还茫然无知的时候，它就已经溜走了。

人们总说最好的爱情就是在对的时间，遇到对的人，我也希望自己能够拥有一份恰好的爱情，在恰当的时机，刚刚好出现在我的生命里。在网上看到过一则小故事，很感人。故事讲的是一个年纪很大的老太太去派出所给自己刚刚去世的老伴注销户口，她问民警可不可以把她老伴的身份证留给她，这样她在想老伴的时候，还可以拿出来看一看。民警想了想，只是把身份证剪掉了一个角，算是作废，然后将身份证给了老太太，老太太当作宝贝一样揣进口袋里离开了。

　　我的学生们有时也会对我讲他们心底的小秘密，觉得对哪个女生有好感，或者觉得哪个男生很帅之类的。青春的悸动，我很能理解，我不会支持中学生谈恋爱，但是我也不会一棒子打死，我会认真倾听他们的秘密，听他们讲自己对爱情最简单、最纯真的理解；我也会讲这个故事给他们听，让他们知道，人这一辈子，真的太漫长了，许多事情，许多感情，还有许多的人，都会不由分说地出现在我们的生命中，也会不留余地地从我们的生命中抽离，我们能做的就是学会爱，珍惜爱，这是一辈子要学的事情。

　　每个人对爱情都有不同的解读和追求，不论爱情最终能否结果，我觉得都应该认真去对待，就像上面讲到的那个故事中的老太太一样，认真爱过，认真怀念，因为失去太容易发生，所以更要好好珍惜在一起的每一天。我希望所有被爱的人，还有等待爱情的人，都能拥有一份生命中最纯粹的感情，值得被收藏，值得被记住，放在心里，好好保管。

刚刚好，幸福着你的幸福

朋友于我而言，是很重要的存在，我的世界里一定要有朋友，我不能想象自己没有朋友的样子，那一定很孤独。不了解我的网友，有时候看我在微博上的照片，会问我是不是个性格内向的人，不太爱和人交往？

我必须申明，我虽然看起来很"文静"，但骨子里藏着好动的一面。小时候，每天放学之后，我就和邻居家的小朋友们跑出去玩儿，玩儿到天黑也不肯回家，爸爸等得不耐烦了，会去院子里大叫我的名字，我那时候才肯磨磨蹭蹭地回家吃饭。

上学之后，因为一直担任班干部的职务，心里不自觉地就想要多操心同学们的事情，组织班级的活动，代表班级参加一些校园活动，等等。和同学们的关系都很好，身边从来也不缺朋友。不管做什么事情，总是有许多人在一起，似乎也就自然而然地习惯了这种有人陪着的感觉。上了大学之后，又当了班长，还加入了学生会，每天要忙的事情更多了。大学的生活比中学时候更加丰富多彩，每天接触到的人也更多，来自五湖四海的同学们一起齐心协力地为完成一个共同的活动而努力，大家建立起的友谊也很深厚。想起毕业前夕，我们在一起吃散伙饭，拍合影留念的时候，大家都说着以后不管距离多远，一定要常联系，要当一辈子的好朋友。

但是，随着时间的远去和距离的阻隔，昔日形影不离，从不缺少话题的朋友变得联系稀松起来。一开始的时候，打开微信，看到通信录里很久没再联系的朋友，心里还会有一点失落，但是后来渐渐也就释怀。人生的每个阶段，都有人相陪，也有人离去，新老朋友的交替，就好像四季的更迭一样，其实这用不着难过，因为四季轮回，春天还会再回来，而那些老朋友也始终守在旧时光的深处，只要我们一回头，他们就会笑着对我们招手。

因为工作的关系，每个人都有自己的生活和事业要忙碌，虽然平日里不常联系，但是生命中的重要时刻，朋友们都不会缺席的，总是会第一时间出现。我想朋友真正的意义，不在于时时刻刻的陪伴，而在于当你需要的时候，他们会第一时间来到你身边，给你最大的支持，给你毫无条件的鼓励。

每次回家，我都会和家乡的几个朋友约着一起去海边。我们算是一起长大的发小，从小玩到大，感情很深，后来我去了苏州，他们留在了秦皇岛，我们各自选择了不同的人生道路，但是在最初的地方，我们还是能够找到小时候的印记的。那是烙印在我们彼此心头的印记，是我们当一辈子好朋友的印记。

一旦有假期，我准备回家的前几天，就会在微信上通知他们都腾出时间来找我玩，他们也都会特别积极地响应我，提前找好吃的餐厅，等我回家后就带我去吃好吃的，大家聚在一起聊一聊最近的生活，去吃吃海鲜，或者在沙滩上扎个帐篷看日落，去环海公路上骑骑单车，吹吹风。

夜里，横七竖八地躺在沙滩上，听着海浪声，看着头顶的繁星，什么话也不用说，四周安静得能听到彼此的心跳声。我觉得好朋友就是这样，就算什么话都不说，沉默地待在一起也不会觉得尴尬。和朋友在一起，让我感到十分放松，我们之间可以无话不谈，开心的事情、不开心的事情都可以共享，这种感觉是和父母亲人在一起时完全不同的。和父母在一起也很放松，我也常和爸妈分享我生活中的趣事，但是在面对父母的时候，心里想得更多的是如何让他们放心，让他们不要为我操心，所以，我不是能够百分之百地敞开心扉和父母交流。

小的时候，妈妈总是把肉都放到我的碗里，我让她吃，她说她不喜欢吃肉，喜欢吃菜，这是许多父母与孩子之间发生过的故事。当我们长大以后，每当父母问我们是不是遇到了什么困难，需不需要他们帮助的时候，我们总是迅速地说自己一切都很好，让他们不用担心。长大之后，我们与父母互换了位置，我们承担着自己的人生，也要竭尽全力地为父母撑起他们的天空。

但是和朋友在一起，生活中的好与坏、辛苦和心酸都可以统统拿出来说给朋友听。朋友是自己最忠实的听众，也是最支持我的同盟者，越长大，越清楚这个世界太大，每个人行走其中，冷暖自知。我的手机里常循环播放的一首歌是阿桑的《叶子》，略带哭腔的声音好像一根箭能刺穿人内心深处最柔软的地方，歌词中有一句，每次听到都觉得扎心：孤独是一个人的狂欢，狂欢是一群人的孤单。

的确如此，身处熙攘热闹的城市里，不论白昼还是深夜，这座城市都永远不眠，人们来来往往川流不息，为了各自的生活奔波奋斗。我有的时候站在小区的大门口，看着小区里一栋又一栋楼房里亮起的星星点点的灯光，不知道那些窗户后面住着的都是什么样的人，看着出出进进的那些人，大家互不相识，我在小区里住了很久了，但是我连同一层楼的邻居是谁，都不知道。

城市这么大，人们那么忙，现在都市生活的人们好像每个人都自备了一个面具，出门的时候就会戴上，人与人之间都客气地疏离着，不会轻易地打开心扉。刚参加工作的时候，我很怀念简单的校园生活，同学们可以很快地打成一片，心里也总有着充实的感觉，之后随着时间的推移，我也慢慢习惯了在人群中独自孤单，在深夜睡不着的时候和自己安静相处。以前看到过一句话：习惯孤独，消化孤独，也是一种人生的修行。我想我也在进行着自己人生的修行。

正是因为体会过孤独，所以才更加珍惜与朋友之间的友谊。许多朋友不能经常见面，联系也不是很频繁，但是这并不会影响我们之间的感情，只要有需要，不需要客套，朋友就会伸出双手。

有一天，看到我的一个朋友在朋友圈里发了一段很文艺的话："我喜欢的一个作家写道：过去和现在已经一目了然，而未来则是'或许'，然而当我们回头看自己走过来的暗路时，所看到的仍似乎只是依稀莫辨的'或许'，我们所能明确认知的仅仅是现在这一瞬间，而这也只是与我们擦肩而过。"

　　是啊，过去和现在已经尽现眼前，只有未来是不可预知的。我不知道未来会遇到什么，经历什么，但是我知道自己不会畏惧，因为有朋友陪着我一起面对，我们会互相鼓励，共同进退。我知道不管我做什么不被旁人所理解的决定，我的朋友们一定是坚定地站在我这边的。不管时光如何流淌，不管世界怎样变化，我们永远会给予对方最真的笑容，是对方最坚实的后盾。

　　想对我的朋友们说，有你们真好，在刚刚好的时间，我们成为彼此的好朋友；在刚刚好的时间里，我们闯入彼此的生命中，一起走过我们人生的道路，我们互相见证成长过程中的幸福，抑或迷茫。

　　刚刚好，在遇见的时候遇见。

　　刚刚好，幸福着你的幸福。

　　刚刚好，不论经历了多少，我们都是好友。

使这个世界灿烂的，是你们的笑容

过年回老家，我去看望爷爷和奶奶的时候，爷爷摘下老花镜，忽然特别认真地盯着我，说道："学生们那么信任你，你一定要好好做好你的本职工作，不要辜负了这份工作赋予你的职责。"我不知道爷爷怎么突然说这个，嘴上答应着，心里犯起了嘀咕。后来，还是奶奶偷偷告诉我，爷爷听我爸妈说我现在在网上被好多人关注，有好多学生都来找我补课，爷爷担心我会骄傲，叮嘱我几句。

虽然觉得爷爷的担心是多余的，但我还是能够感受得到爷爷对我的期望。身为一名老师，我也很清楚自己肩上担负着怎样的责任，家长把孩子送进校园，当然是希望他们的孩子都能够接受最好的教育，有最专业的老师教育他们，我既然选择成为一名老师，肯定不能辜负他们的期望，也不能辜负自己的职业。

在最开始任课的时候，我心里也是没底的，自己以前虽然做过家教，也是专业的师范学院毕业的，但是看着教室里那一张张年轻的面孔，知道他们对我寄予了很深的期望，我心里也有着不小的压力。既然开始了这份工作，就要全力以赴地把这份工作做好，我知道每个学生的学习程度都不相同，如果只是在课堂上按照教材进程来讲课，许多跟不上的学生会越来越跟不上，而一些学习优秀的学生又会觉得进度太慢。所以，我除了每天按部就班地上课之外，还会在课余时间，针对每个学生的不同情况，为他们量身定制学习计划。

有的学生注意力难以集中，总是三分钟热度，上课会不停地开小差，课余时间又不能用心复习，所以，有许多知识，他们都是模模糊糊，成绩会很不稳定。对于这种学生，我会尽量将他们的兴趣引导到数学这门功课上。兴趣是最好的老师，只要他们产生了兴趣，精力自然也就能够投入到学习中去了。

　　还有的学生虽然也很想将数学学好，他们上课会认真做笔记，下课也会努力做题，但是每次考试的成绩都不尽如人意。对于这类学生，我会仔细留意他们平时的学习方法，通常能够发现，他们的学习方法不够灵活，总是生搬硬套老师的话，我会想办法让他们了解到数学是一门思考的学科，要打开脑筋，打开思路去学习，一味地把自己陷在公式和例题中，不能够举一反三的话，会学得很吃力、很辛苦的。

　　至于那些学习轻松、成绩优秀的学生，我也会让他们不要骄傲，如果仅仅是成绩可以考得很好就觉得自己很厉害，那这还是太幼稚的想法。我总是和他们聊天，希望他们能够看得更远一些，把目光放得更长一些，在学校里很优秀，不代表进入社会能够同样顺利，人既要有上进心，也要有摔倒之后的平常心。

　　我希望我的学生要相信努力的意义，虽然有的时候，可能努力了也不一定能够达到你想要的目标，但是努力是一种人生态度，是一种发自内心的对生活的热爱。我所强调的努力不是埋头做多少习题，不是每天起多么早去背单词，也不是晚上熬夜不睡觉做许多试卷，那些是刻苦，是一个学生对待学习的精神，我所说的努力是作为一个人，应该拥有的一种准则。

　　班上有个女生，她学习还不错，但是家里的事情很多，在她高考的前几个月，她的父亲因为癌症去世之后，她妈妈的精神受到了很大的打击，一直躺在床上一蹶不振，家里没有大人照顾，她只能寄居在亲戚家里生活。在别的孩子都享受着父母的关爱和照顾的时候，她却要担负起家庭的重担和责任，照顾自己生病的妈妈，安抚妈妈的情绪，还要独自面对升学考试的压力。

对于这个女生来说，她完全有资格喊累、喊苦，她可以给自己考不好找借口，说自己是受家庭的拖累，没有人会忍心责备她。但是她没有，她每天都在很用心地学习。每周给她补课的时候，我都会多叫一些好吃的，和她一起吃一顿饭，吃饭的时候，我会尽量地多和她聊聊天，让她能够轻松，不要有太大的思想负担。我深知失去亲人的痛苦，更何况她爸爸是她家里的顶梁柱，爸爸的去世，妈妈的病倒，整个家就像是散了一样，对她的打击可想而知。

但是既然事情发生了，无法改变，就只有勇敢去面对。所幸的是，她很坚强，也很勇敢，她挺了过来。高考结束后，她发消息给我，感谢我一直以来对她的帮助和照顾。她给每个老师都发了感谢的短信。在高考成绩出来之后，她考上了自己想去的大学，我对这个结果一点也不意外，因为这是她努力的结果，是她应该得到的结果。

在我印象中，这个女生一直都很乐观、向上，她总是生活得很积极，在她脸上看不到有丝毫的埋怨神情，生活对她这样不公平，但她也都统统照单全收，她好像觉察不到生活的艰难，也不愿对生活低头，她就像是一只树干上的小小蜗牛，每天可能只前进几毫米，但是她从没想过要放弃，最终，她抵达了大树的顶端，眼底是森林的美丽景色。

从不会去想失败之后怎么样，只是想着眼前要做的是什么，这个女生很清楚自己当下最应该做什么事情，她知道自己首先要做的事情就是考上大学，顺利地读完大学，才能找到工作，更好地承担起照顾家庭的职责，所以，她每天都很紧张地学习，遇到不懂的问题也会及时问老师。在我看来，这个女生身上的努力劲头，带着一种"钝感"。

"钝感"这个词是我在日本作家渡边淳一的一本叫作《钝感力》的书中看到的。所谓"钝感"，就是"迟钝之力"，就是当人遇到了生活中的重大挫折和压力的时候，所表现出来的从容和不迫。挫折和压力总是让人喘不过气来，无力生活，更不要说去应对未来的一切。钝感力就像是人生的润滑剂一样，生活难保不会遇到各种各样的不顺心的事情，钝感力会让人没那么敏感，不会为那些事情整日烦忧得辗转难眠，所以，有钝感力的人有着更坚强的内心和更强大的毅力，他们在面对生活的不公时，首先想到的不是自己多么可怜和不顺，而是想到如何让自己强大，从困境中走出来。

在我看来，这个女生是一个很努力的人，也很清楚自己努力的方向在哪里，我相信她的未来一定会很好，即便将来还是会遇到一些沟沟坎坎，但是我知道她是有能力迈过去的，并且会把自己的人生过得很充实。

对于我的学生，我最想对他们说：努力一点，再努力一点，你能够做到的远比你想象的更多。其实生活没什么大不了的，就好像做数学题一样，有的题目简单一些，有的题目难一些，但是用对了方法，没有解不开的题目，没有找不到的答案。在校园里的时候，我可以教你们如何用不同的方法去做不同的题目，但是当进入社会，你们要独自一人开始为自己的人生拼搏时，我希望你们不要担心，也不要退缩，不管遇到什么难题，沉下心来应对，总会解决的。

每天要保持好的心态，就算外面再怎样阴云密布，你们也要嘴角挂起笑容，你们要相信最终使得这个世界灿烂的，是你们无所畏惧的笑容。

在这个世界上，总有人需要你

　　和朋友约在车站见面，我到得稍微早一些，在站牌前站着，身旁有一对母子。小男孩看起来最多六岁，小小的脸蛋肉乎乎的，很可爱，他一手抱着一个变形金刚玩具，一手牵着妈妈的衣角。小男孩的妈妈在一边打电话，一边张望停靠的公交车。一辆公交车停下，应该是他们要乘坐的车，小男孩的妈妈招呼小男孩上车，两个人排队快到车门口时，小男孩忽然从队伍里跑出去，蹲到一棵树下玩起来。小男孩的妈妈已经一只脚踏上了公交车，一回身看到儿子不见了，脸色大变，她大喊着小男孩的名字，看到不远处那棵树下的小男孩，她连忙跑过去。

小男孩在他妈妈怀里问道："妈妈，你怎么发抖了？"小男孩的妈妈在强颜欢笑，但是我看到她脸色都变得惨白，刚才那一瞬间，她一定是吓坏了。她说道："以后别乱跑了，吓死妈妈了。"小男孩问道："为什么呀？"小男孩的妈妈摸摸他的头："因为妈妈需要你呀，不能失去你。"

那一瞬间，我被感动了，这世上的人与人之间的关系有千万种，我们被羁绊在各种人情关系中，有的时候会觉得烦琐，但更多的时候，只要想一想，自己是被需要的，是被人放在心里的，就会觉得心底充满暖意。

在微博私信中，有一个初中生问我："温老师，我很想听一堂你上的数学课，我怎么才能听你上的课呢？"我也很想把自己掌握的知识和学习方法告诉尽可能多的学生，希望他们能够在数学这门学科上提升自己。有的时候，我自己也很苦恼，自己的时间和精力的确太有限了，就算我一天二十四个小时都不睡觉，能够教到的学生也不多，所以，面对微博上经常私信我，想要跟我上课的学生，心里多少有些抱歉，但同时内心又暖暖的，觉得自己是被人需要的，很开心。

在我力所能及的范围内，有学生想要找我补课，我都会答应。有的时候，学生在补课的时候，会问我一些私人问题，他们很好奇我是怎么在网上红起来的，也好奇我平时生活中是个什么样的人，等等。

对于这些问题，我有时候会认真回答，有时候会卖个关子，告诉他们只有把我出的题目全部答对，才能知道。人们总是对自己感兴趣的人或者事好奇，而我的学生想知道关于我的更多的事情，也说明他们想要多了解我，走进我的世界。

我不是一个喜欢什么都藏着的人，我喜欢和朋友分享自己的一切，生活、兴趣、工作、心情，等等。其实一开始当老师的时候，完全没想到自己会在网络上被那么多人知道，最初的时候，我的学生在QQ空间里上传了几张我上课的照片，接着很快就被转载了很多次，大概是学生们真的没有见过像我这样"不像老师"的老师吧。

在QQ空间被多次转载之后，后来又在新浪微博一些网络社交平台被转载，有一段时间还被推上了微博热搜，我的学生截图发给我看的时候，我觉得很惊讶，没想到自己会有这么高的关注度。学生告诉我，他们把照片发到QQ空间里，最初只是想炫耀自己的数学老师和别人的数学老师不一样，结果没想到会这么火。

上了微博热搜之后，我的微博粉丝开始飞速涨了起来，私信和留言也多了起来。最开始的时候，我还是有一点点不适应的，以前安安静静的粉丝，突然变得热闹了许多，许多不认识的人纷纷给我留言，许多孩子向我请教问题，这一下让我有些不知所措起来，不敢轻易回复他们的私信和留言，怕自己说了考虑不周的话，会给他们造成错误的影响。

后来试着和他们沟通，觉得效果挺好，自己一些不算成熟的建议得到采纳。在网上和陌生的网友交流，和与班级上的学生交流是完全不同的感受，与班上的学生交流，因为是面对面交流，我可以很清晰地看到他们的神情，知道他们对我讲的话是否接收，我能够从他们的表情中看到一些反馈的信息。但是与网友的交流，隔着虚无的网络，我不知道自己的话会对他们产生什么样的效果，也不知道他们是不是真的从心底接受了我的意见。

可能是因为做老师的职业病，总希望自己能够给人起正确的引导作用，对于我的这个担忧，我的一位朋友对我说："其实你根本没必要这么不放心，现在的小孩子又不傻，如果你讲的东西对他们没用，他们渐渐就不会再关注你了；如果他们需要你，自然还会继续在微博上找你的。"

后来，在微博上给我留言的越来越多，而最开始关注我的人也没有离开，我想自己对于他们还是被需要的吧。于是，我尽量会多在微博上分享一些学习数学的经验和心得，也会分享一些我日常生活中的趣事，还会在考试前夕发一些段子，让准备考试的学生都能够放松心情，轻松备考。我也会在微博上搞一些抽奖活动，把自己旅行带回来的小礼物送出去，看到抽中礼物的人高兴地转发微博，我心里也会很满足。

有的学生会在网上和我开玩笑。有一次，一个不认识的学生问我假期有没有时间补课，我说可以的，他问我怎么收补课费，我还没来得及回答，他就来了一句："温老师，充Q币也可以的吧？"

一下子让我哭笑不得，不知道该怎么回他。像这样调皮的学生，我还遇到过好多，他们都很可爱，孩子的世界里没有什么顾忌，他们总是想到什么就说什么，和他们交流让我感到十分轻松自在，而且他们也会教给我许多东西，让我了解到很多我不了解的事情。我和他们说："你们叫我温老师，其实你们也是我的老师，我向你们学到的东西也不少。"学生们认为我是在鼓励他们，其实我说的是真心话，我觉得人与人之间最难得的就是互相需要，这是一种让人暖心的关系。

　　我很喜欢小动物，但是一直没有勇气养，不论是小猫还是小狗，我都很喜欢，但是想到要把它们带回家，心里就会有些打鼓，并不是担心照顾它们很麻烦，而是担心在它们成为家里的一分子，我完全习惯了它们的存在之后，几年或者十几年之后，它们因为疾病或者别的原因离开这个世界、离开我，到时候我心里一定会很受不了。

　　如果我因为什么客观的原因，在养了它们之后，又无法一直养下去，需要将它们送到新主人那里，那时，在它们心里，又会怎么想我呢？坦白说，我觉得被人需要的感觉很美妙，但也是一种责任，我不知道自己是否能够承担起照顾好一只小动物的责任，我会担心因为自己的疏忽让它们受到不该有的伤害，所以，我每次看到别人家的宠物，就会很激动地和它们玩，但是真的让我自己养，我还没做好准备。

　　在这个世上，你一定会需要别人，需要亲人的爱、朋友的友谊、爱人的照顾。同样地，别人也会需要你。爱是相互的付出。

03

生活没有你想要的童话

人生就像一场赌博，而最大的赌注其实就是我们自己，我们为了赢得更好的未来，押上我们的青春、时间、梦想。但命运常常不讲道理，我们有时候会觉得自己输得很惨，一无所有，但是没关系的，人生最大的魅力就是可以不断地选择。

最大的赌注是自己

在机场等着登机时，为了打发时间，我去机场的书店里看书，随手拿起书架上的一本小说，是村上春树写的《没有色彩的多崎作和他的巡礼之年》，没有从头开始看，随便翻开一页读了起来，读到一段话，觉得说到了我的心里去。

"'连我自己也没想到。'说着，就笑了，'我以为大概会留在大学里当教师。可是进了大学一看，才明白自己根本就不适合做学问。那是个极其乏味，故步自封的世界，我可不想在那

种地方待一辈子。不过大学毕业进了企业一看，才知道自己也不适合在公司工作。就这样一试再试，一错再错，但好歹找到了安身之处，得以苟延性命。那你怎么样？对现在的工作满意吗？''满意当然谈不上，但也没有太多不满。'作回答道。"

其实，在我的微博私信里，有许多中学生会发来消息，他们把自己对未来的困惑和向往统统告诉我，好像我这里是他们心里的一个树洞，可以安心地倾诉他们不愿对别人说的秘密。工作忙的时候，我不能一一看私信，但是我只要有时间，都会对他们提出的问题给予回答，就算自己的建议帮不了什么忙，也让他们知道在他们觉得无助的时候，还有人愿意听他们诉说苦恼。

常常有学生问我，自己将来想要做的事情，父母不同意，他们很苦恼，但是又没办法反抗父母，心里很委屈，觉得自己的人生不应该由父母决定，他们不知道该怎么办才好。

我在十几岁的时候，也有过对未来的很多憧憬，那时候的想法很多，一天换一个花样，喜欢画画，就想着将来要当画家，在世界各地开画展；喜欢看漫画，又想着成为一个漫画家也很好，可以画出自己脑海中的故事；喜欢打篮球，还想要成为专业的球员，每天驰骋在赛场上挥汗如雨；喜欢旅行，就想等独立之后当一个自由自在的旅行家，每天行走在不同的国家，看不同的风景。

关于未来，可能有过一千种假设和想象，但是现实却是第一千零一种。我从小到大，数学成绩一直名列前茅，也不断地代表学校去参加一些省市的数学竞赛，但是，从来没有想过自己会成为一名数学老师。梦想是色彩斑斓、多姿多彩的，但是现实生活却是理智冷静、一板一眼的，我没有成为画家，没有当上漫画家，也没有进入球队成为一名球员，更没有成为走遍世界的旅行家。我成为一名老师，每天最多的时间就是待在那间不大的教室里，尽我自己最大的能力，教会讲台下那几十个学生如何更好地学习知识。

虽然，现实与当初的梦想相距千里，但是我从来也没有懊恼和后悔。我喜欢自己现在的工作，喜欢我的学生，也很享受和学生在一起的感觉，做老师让我很有成就感，我也会一直做下去，没有想过要中途放弃，改换别的职业去做。也许有人会问："选择做老师是你向现实屈服吗？"我可以肯定地回答不是，成为老师是我自己的选择，而且是发自内心的选择，虽然老师这个职业与我曾经的梦想相距甚远，但是人生不就是这样吗？在一步一步的前行中，逐渐找到自己真正要走的那条路。

虽然我不喜欢"灌鸡汤"，但我还是想对在青春期迷茫的小朋友们说，不要站在原地困惑，要勇敢地向前走，不管对错，首先要迈出第一步。有梦想当然是好的，想要实现也是很勇敢的事情，但是梦想和现实总是有差距的，我们只能在现实的道路上一边打磨自己，一边寻找梦想。人生有很多的岔路口，就算你走了与最初所想的完全不同的道路，就算年少时的梦想最后无法实现，我们也可以不后悔地对自己说一句，我努力过了。

人是会渐渐长大的，随着年龄和心理的不断成熟，做出的选择和判断总是会发生变化的。我在十二岁的时候梦想当一名画家，但是我在二十岁的时候，会更加认真地考虑做什么样的事情既能够承担我生活的责任，又能够是我喜欢做的事情，而不仅仅是考虑握着画笔怎么画自己想要画的东西。就算我在二十岁的时候还是一心想要当画家，我也会考虑自己的画画能力是否能够承担起养活自己，如果不能，我应该如何一边糊口，一边实现画画的梦想。很多人说人越长大，越会放弃自我。这是我不能同意的，我觉得真正成熟的大人，会更加全面地、周到地考虑自己的人生，而不是一味地沉浸在所谓的梦想中，做不切实际的呐喊。

我喜欢画画，喜欢自己涂鸦，虽然没有成为一名画家，但是现在，我和一家公司一起合作，设计衣服，一起打造我自己的周边产品，我觉得这是我实现小时候梦想的一种途径。还有，我虽然没能够成为篮球运动员，但是我还是会经常去球场打球，和朋友或者和我的学生一起在球场上挥洒汗水。我觉得我不论是否成为一名球员，对篮球的热爱都是永不会消退的。至于旅行的梦想，我现在会抽假期的空闲时间，和朋友一起去没去过的地方看看，我也会带爸妈一起出门。2016年的暑假，我带爸妈去了韩国和日本，我们坐游轮出发，那是他俩第一次出国，看得出来他们很开心，我也很开心，我觉得我实现了自己去看世界的梦想，同时也满足了爸妈多出门看看的愿望。

　　所以说，青春时期的梦想是对未来世界的畅想，是让我们走进社会的动力，但我们应该理性地看待这个世界，不能只是一味地想要实现自己的所谓梦想，而不考虑现实的因素，我觉得那并不是对梦想的坚持，而是对自己的不负责任。人生很漫长，每一次的选择都要慎重，因为我们不知道当我们选择了之后，面临的会是什么。有的时候，我也会觉得人生就像一场赌博，而最大的赌注其实就是我们自己，我们为了赢得更好的未来，押上我们的青春、时间、梦想。但命运常常不讲道理，我们有时候会觉得自己输得很惨，一无所有，但是没关系的，人生最大的魅力就是可以不断地选择。也许下一次，你依然会输，但是你还有下下一次的机会。

电影《哈利·波特》里有一句话说得很好，"决定我们成为什么样人的，不是我们的能力，而是我们的选择"。过去的，无论好坏，都是不可改变的事实，我们能做的就是为了未来而努力。我希望自己能够成为一个越来越好的人，也希望自己能够一直在自己喜欢做的事情上付出努力和坚持，但是我知道，前方总有一些困难和坎坷在等着，我能做的就是让自己变得强大一些，再强大一些，这样我才能够在困难来临时，更加清晰地判断所处的困境应该如何解决。

还是那句老话，想要提高数学成绩，不是没头没脑地做几道题目就可以完成的事情，要用心、用脑子去找到自己成绩差的根本原因。同样地，追寻梦想的时候，也要用心、用力地成长，让自己不断变强大之后，才能更接近梦想。如果只是像小孩子撒娇耍赖一样躺在地上喊着要糖吃，生活可不会像爸爸妈妈那样好说话，乖乖地把糖果送到你嘴边。

踮起脚尖，
碰到属于自己的星星

跑过长跑的人都知道，长跑最需要的是耐力，不论速度的快慢，只要坚持不懈地跑下去，总会冲过终点。人生就像是一场漫长的长跑，有的人起跑很快，转眼就不见了踪影；有的人起跑很慢，别人都跑了很远，他才刚刚跑出去没多远。

学生时代，就像是人生长跑最初起跑的时刻。我常和学生说，刚开始跑得慢些，不用太着急，也不用急着去赶超别人，每个人都有自己的节奏，按照自己的节奏跑在人生的跑道上就好，不要把人生当成一场比赛，那样会让自己活得很累，很不开心。

一个周末，我和朋友去电影院看了热映的电影《摔跤吧，爸爸》。电影讲了一个对摔跤有执念的爸爸，他自己没办法继续当摔跤运动员，过上了结婚生子的寻常生活，但是在一个偶然的机会里，他发现自己的女儿继承了自己的摔跤天分，然后他开始用魔鬼训练法让两个女儿练习摔跤，接着是如何训练自己的两个女儿成为摔跤冠军的故事。从电影院出来，我的朋友说："这个爸爸好自私，把自己的理想强加到女儿的身上。"我却觉得电影中，虽然爸爸对自己没能够夺得世界冠军而感到遗憾，但是他训练女儿摔跤并不全是因为他喜欢摔跤，他是对女儿寄托了厚望，希望女儿能够成为一个完整的人，能够完全主宰自己的人生，而不是像村里其他女孩子一样，嫁人生子，围着灶台转一辈子。

"可是你不觉得他的女儿并不喜欢摔跤吗？为了不继续训练摔跤，她们想了各种各样的办法，但是都被她们的爸爸打压下去了，她们只是不敢反抗他，一直在默默忍受罢了。"朋友还是觉得电影中，爸爸没有让女儿完全自由、自主地选择自己的人生是错误的父爱示范。我想也许最开始，两个女儿的确不喜欢摔跤，她们在爸爸的权威下不得不"被迫"训练摔跤，但是到了后来，她们已经从心里爱上了摔跤，愿意成为一名摔跤运动员，也喜欢

上了在赛场上与对手较量的感觉。

在电影的后半段，女儿在练习摔跤的时候，眼睛里闪烁着无比认真的光芒，在她们登上比赛现场时，她们全身心投入的样子，已经是把摔跤当作了她们毕生的事业，她们从抗拒摔跤，到爱上摔跤，这其中有她们爸爸起到的作用，但她们自己内心的坚定才是起了决定性的作用。这也是我喜欢这部电影的原因。爸爸虽然看起来很独断专行，但是在他的心里还是一心为了女儿着想的，他敏锐地发现了女儿身上的摔跤天赋，他希望自己的女儿能够拥有自主的人生，他希望自己的女儿能够变得强大起来，对自己的人生说了算，而不是做一个依附于家庭的无知小女孩。

人们总是要先吃些苦头，才能尝到甜头，没有人会喜欢吃苦的过程，同样地，也没有人能够不劳而获。有的学生会说觉得别人学习都很轻松，自己却学得很吃力。我告诉这个学生，那是因为你只看到别人表面的轻松，没有看到别人背地里有多用功。有的学生和我讲他不喜欢学习，不喜欢上学，他每天只想打游戏、看电影，过得轻松一些。我告诉他，他想过的生活，每个人都想要，谁都想要过得轻松自在，没有人想要过得辛苦，但是如果他现在每天只是打游戏，轻松地消磨时光，当他长大之后，等待他的会是更多的辛苦和艰辛，他在该完成学业的时候没有好好地完成学业，人生的基础没有打好，将来做许多事情都会受到限制，那么，他到时候就会为自己当初贪图一时的轻松而付出更多的代价。

就好像电影中的情节如果改变一下，爸爸因为心疼女儿，或者听从了妈妈的劝阻，而最终放弃了对女儿的训练，女儿也就没有了当上摔跤运动员的机会，她们的天赋会被埋没，她们在那个小村庄里，也会和别的女孩子一样，长大之后嫁给一个男人，成为家庭主妇，操劳地过完一辈子。并不是说成为家庭主妇不好，但是仔细想一想，一个人如果有机会、有天赋实现更大的价值，见识更大的天地，为什么不去努力试一试呢？

蔡康永说过："15岁觉得游泳难，放弃游泳，到18岁遇到一个你喜欢的人约你去游泳，你只好说'我不会耶'；18岁觉得英文难，放弃英文，28岁出现一个很棒但要会英文的工作，你只好说'我不会耶'；人生前期越嫌麻烦，越懒得学，后来就越可能错过让你动心的人和事，错过新风景。"

我特别赞同蔡康永说的这番话。就像一个小孩子仰头，想要吃树枝上的果子，但是他没办法够到树枝，如果他放弃想办法，最后只能看着果子被别的人摘走；如果这个小孩子想办法借用工具，或者努力爬到树上，或者想到其他的办法能够摘到果子，那么他就可以咬一口果子，告诉那些站在树下的人，果子好甜。

最后的果实总是留给肯付出的人的，不想付出努力的人，只能站在树下看着别人把果实一个又一个地摘走。我曾经给一个初中生辅导功课，我发现他很聪明，我讲的东西，他都能很快领悟，我觉得他应该很快就能把成绩提高，但是我教了他一个月，发现他的成绩并没有起色，后来我注意观察了一下，发现这个小男孩在听懂我讲的内容之后就开始玩别的，布置给他的习题也不认真做，他说自己反正都学会了，还做题干什么呢，浪费时间。

我再考他上周所学内容，或者是三天前的内容，他已经答不上来了，或者回答得模棱两可，错误百出。我告诉他有的人的确很聪明，他们能够很快地接受新的知识，也能很好地理解，但是知识是需要巩固和加强的，不然很快就会被遗忘。后来，这个小男孩端正了学习态度，成绩提高得很快。我让他记住，有天赋是很幸运的，但是想要仅凭天赋就觉得自己万事大吉了，那就只能等着栽跟头了，就好像电影中的姐姐，她在进入体育学院之后，以为自己拿了全国冠军很厉害，就放松了学习技巧，结果接二连三地被打败。

人生也是一个又一个的赛场，想要拿金牌，就要勤加练习，平时可以放松，但是不能懈怠，因为心理上一旦出现松懈，整个人的状态就会垮下来。我平时很喜欢看篮球赛和足球赛，有机会也会去现场看比赛，在球场上看到球员们紧绷着每一根神经打球，总会让我受到很大的鼓舞，想要得分，就要全力以赴，不然只能在场边坐冷板凳。我觉得球场上的拼搏精神，也很适合拿来用在生活中。总有人说自己就想要安逸的生活，不想活得那么累。但是，既然选择了轻松的生活，就要坦然接受自己获得的东西不多的结果。

对于人生来说，总不能太过贪心，既想要别人手里的成果，又不想付出更多的努力。电影最后，两个女儿都获得了金牌，成为印度的骄傲，那是她们一直没有松懈自己所得到的结果。对于我们的人生来说，日常生活中没有金牌可以拿，但是我们都有自己的目标想要去实现，不要嫌麻烦，也不要嫌累，越早开始投入自己的努力，就可以越早接近自己的目标。

头顶的星星熠熠生辉，如果你发现伸手无法触碰到它的话，那不妨踮起脚尖，就算还是没办法碰到星星，起码也是离星星更近了一些。人生就是在这样一点一点的努力下，慢慢靠近自己心目中的星星。

▼

头顶的星星熠熠生辉，如果你发现伸手无法触碰到它的话，那不妨踮起脚尖，

就算还是没办法碰到星星，起码也是离星星更近了一些。

人生就是在这样一点一点的努力下，慢慢靠近自己心目中的星星。

青春是
有去无回的『肉包子』

和大学同学聊天，经常会聊到在大学的时候，我们各自的趣事和糗事。想想那个时候真的过得无忧无虑，每天想得最多的就是如何挥霍我们的青春，现在再回头说起那时候的事情，感觉好像是发生在昨天似的，每一次聊天，我们都会感慨时间过得真是太快了。一转眼，我们已经大学毕业好几年，成为分散在全国各地的上班族。

记得毕业答辩的那段时间，我每天忙得天昏地暗，国内大学和韩国那边大学的事情都挤到了一起，我每天一睁眼，脑子里就像一团乱麻一样，需要自己一件一件地去把手头的事情处理完。那时候每天都在盼着赶紧毕业，好早日"脱离苦海"。可是真的到了毕业答辩结束的时候，我一个人沿着学校的小路回宿舍，看着校园里熟悉的一草一木，看着学弟、学妹们灿烂的笑脸，我知道自己真的快要离开这座"象牙塔"了，一时之间，心里涌上了很多不舍，舍不得母校，舍不得同学和老师们，更舍不得美好又单纯的青春岁月。

刚到大学报到的时候，对一切都充满了新鲜感。脱离了高中每天埋头苦学的日子，大学的生活向我展开了笑脸，每天不用再上早晚自习，没有做不完的习题，没有一场接一场的考试，生活的节奏一下变得慢了许多，有了大把可以自由安排的时间，在高中时列了想要做的事情的清单，反而一时不知道该先做哪件了。

宿舍六个床位，都是数学系的同学，我们基本上都是河北人，老乡见老乡，很快就打成一片了，男生宿舍总是故事很多，每天打打闹闹，特别热闹。我记得刚上大学的时候，班级推选班长，我也参加了竞选，宿舍的同学为了能够让我顺利当上班长，想了各种各样的办法帮我拉票，后来我真的被选为班长，宿舍的人都高兴坏了，我感觉他们比他们自己当了班长还要兴奋。

平时，我们除了上课，就是宅在宿舍里看电影、侃大山，有时也会去校外聚聚餐。大一的时候，学校安排了早操，每天都要早起去操场上跑步，有的时候，我们实在起不来，就想办法偷懒，轮流派一个"代表"去操场随机应变，一旦发现老师查得严，就赶紧通知宿舍睡懒觉的其他人火速赶到。

这个办法还被我们用来逃课，一些选修课不想去上的时候，我们也会派出一个"代表"去替全宿舍的人答"到"，有的时候可以很幸运地过关，有的时候也会被老师抓个正着，如果被抓到，那我们只好乖乖等着被老师教训了。

大学的时候，终于可以不用再背着老师和家长谈恋爱了，可以正大光明地追女孩子了，宿舍的"夜谈会"常常聊到的一个话题就是怎样追女生，如果谁有了喜欢的女孩子，大家就会一起为他出谋划策，帮他想办法。我想的办法总是太过"实际"，我建议可以帮喜欢的女孩子补习高数，因为大多数女孩子对数学总是有些头大，我们正好可以发挥我们数学系学生的优势，让她们轻松通过高数考试，只是我这个建议被宿舍的室友给pass掉了，大家都嫌我的主意太不浪漫了。

不过，我倒是觉得虽然不浪漫，但起码很实用，室友没有采纳我的主意，我自己也没有机会实践这个办法到底管不管用，现在我们大学室友在微信上聊天，他们还会拿这件事情取笑我没有恋爱头脑。

大学时候的恋爱很简单，一起在食堂吃饭，一起去上晚自习，一起复习期末考试大纲。那时候，只要能够看到自己喜欢的人，就觉得全世界都是粉红色的。

那段闹腾又轻松的岁月真的再也回不去了，它只能永远地存在于我的回忆中，保存在我脑海的深处了。

有时候去给学生补课，结束的时候已经很晚了，坐上回家的末班车，公交车沿着道路缓缓行驶，我坐在靠窗的位置看着窗外，苏州的夜晚很安静，老城区小桥流水，灯火阑珊；新城区高楼林立，街道宽阔。这座城市很小，又很大，我不知道自己会在这里停留多久，也不知道自己未来还会不会再去新的城市发展，明天的事情真的一切都说不准，就好像在大学期间，我怎么也不会想到有一天，自己会独自来到苏州，开始一个人的生活。

俗语说"肉包子打狗——有去无回"，我看时间就是这样的"肉包子"，带走了青春，带走了岁月，面对时间的流逝，每个人都无能为力。成为交换生去韩国读大学的时候，宿舍的室友们虽然都很舍不得我，但也很为我高兴，两年的同寝感情，让我们彼此之间产生了许多的牵挂和惦念。我刚到韩国的时候，几乎每天都会和宿舍的室友们视频聊天，给他们讲在韩国的一些趣事，还会展示在韩国的留学生宿舍是什么样子的，也答应了他们，等他们来玩的时候，我一定会做好向导。

正是因为有了他们的鼓励和支持，在刚到韩国的那段日子，我才没那么孤单。刚到韩国的时候，虽然觉得一切都很新奇，但毕竟是独自在异国他乡求学，心里免不了会觉得有些无助，室友们也很了解我当时的心情，但是他们并不会说破，只是会尽量多地发一些消息逗我开心，还会和我分享国内的许多八卦、好玩的帖子，也会讲一些班上同学的故事给我听，让我很感动。

留学生宿舍是双人间，我的室友小龙是个山东人，他比我早来几个月，已经在韩国学习了一段时间语言，对学校的各方面都比较了解了，我有什么问题找他，他都会热心地帮我解决。

因为有了小龙的帮助，我在韩国的学习和生活才能那么顺利地进行。刚入学的头三个月，我一直跟着老师学韩语。以前也看过不少韩国电影，心里觉得学起来应该不会太难，但真正接触起来，还是要狠下一番功夫才行，课堂上学习的时间毕竟有限，想要快速掌握语言，还得靠平时多下功夫。小龙就是我的韩语教练，常常帮我练习发音和对话。

▶ 那段闹腾又轻松的岁月真的再
也回不去了，它只能永远地存
在于我的回忆中，保存在我脑
海的深处了。

　　在韩国的第一份兼职工作，也是小龙带我去的，在三星的工厂里做零件组装。这份工作不算难，只要细心、认真就可以做好。靠着打工挣到的钱，我还给妈妈买了一个包，在我回国的时候带回家送给她做礼物。妈妈收到礼物很是高兴了一阵子，她知道我长大了，懂得关心她了。

　　在韩国的第二年，我换了新的室友，是一个很有意思的男生，个子很高，篮球打得特别棒，我常常和他在球场打球，对他的球技无比佩服。在韩国的那两年，我过得很丰富、很充实，学到了很多知识，认识了很多新朋友，也体验到了不同国家的不同风俗。我总认为人这一辈子，一定要不断地去开阔眼界，看到的越多，走过的路越多，自己才能站得越高。

　　在韩国读书，我选择的专业是汽车机械工程，当初选择这个专业也是经过慎重考虑的，因为我考虑自己来到国外学习，想要选一门适合自己的专业，也想要选一门自己感兴趣的专业，我从小就喜欢汽车，在国内的大学读的也是理科专业，我觉得这个汽车机械工程很适合我读，便选择了。

　　在读这个专业期间，我有考虑过毕业之后是不是能够从事和汽车有关的工作，想过开一间自己的车行，每天和汽车打交道，这是我小时候的一个愿望，但是经过我的认真考虑和考察之后，我觉得这个愿望一时还没办法实现，开车行的费用不菲，而且也需要有一定的经验才能更加稳妥，我觉得对于当时的我来说还不具备这个条件，所以就将这个计划暂时搁浅了。

但是，我并没有放弃这个想法，我想等将来积攒够一定的资金和摸索出一些经验之后，再来实现这个愿望也许会更好。

快毕业的时候，想到要离开生活和学习过的校园，心里也是很舍不得，虽然只是作为交换生来学习，但韩国也给我留下了许多美好的记忆，这两年更是锻炼我成长的两年，让我更快地学会独立生存。我知道今后不管我在哪里生活，这段难忘的青春岁月，都将伴随我一生，成为我人生旅途中的一个印记。

遇到的一切人
和事都是对的

我爸妈对我从小的教育，基本上是一个唱红脸，一个唱白脸。我爸是个严厉的人，因为我是男孩子，他希望我能尽早独立，所以对我的要求总是很严格。小的时候，我常觉得我爸有点不近人情，不像邻居家小朋友的爸爸每天笑嘻嘻的，我爸就像一个将军训练自己的士兵一样要求我。我那时候总说我爸"不讲理"，常常会和一起玩儿的小伙伴抱怨我爸这个不好，那个不好。

后来长大之后，再想起我爸对我的严厉要求，我反倒觉得那些严苛的要求对我成长是好事情。我听过一个很大众的故事：一个国王是一个刚愎自用的人，他喜欢听大臣夸他，不喜欢听大臣反驳他。有一次，他去森林打猎，不小心被猎豹咬断了一根小指，受伤的国王受了惊吓，闷闷不乐地回去了，他的宰相对他说："虽然你只是失去了一根小指，但还是保住了性命，一切都是最好的安排。"

国王听后很不高兴，觉得宰相在幸灾乐祸，于是就把宰相关进了大牢里。过了几天，国王又去森林里打猎，他和随行的人都被森林里的一个部落的人抓走了，那个部落的人是吃人的，国王的随从都被吃掉了，但是因为那个部落有个习惯，就是不吃身体有残缺的人，于是把国王给放走了。

回去之后，逃过一劫的国王惊魂未定，他把宰相从牢里带出来，对他说了自己的遭遇，问道："你还说这一切都是最好的安排吗？我差点被吃掉。"宰相说："当然是最好的安排，如果不是因为你上次失去了小指，现在你已经没命了。"国王又问："那你被关进牢里，也觉得是最好的安排吗？"宰相点头："如果我不被关起来，这次也会跟随你去打猎，那么我也丢了性命了，所以被关进牢里，也是最好的安排。"

　　这个故事不只让我看到一个乐天派的宰相和一个凡事摇摆不定的国王，还让我看到了心理强大有多么重要。总有人对自己的生活和工作不满意，他们会挑生活的毛病，会对工作懈怠，他们觉得自己的生活处处都是陷阱，一切安排都是错位的，他们的生活里没有阳光，只有阴云。

　　但是有的人却能够积极地面对生活出给他们的一切难题，不论他们遇到什么困难，在他们看来都是可以承受和克服的。在他们看来，自己所遇到的一切人和事都是上天安排的考验，他们不会去抱怨，只会想办法去解决。我爸就属于这样的人，他从来不会悲观，也不会盲目乐观，他看待问题总是很冷静、很理智。我从小到大，他和我说得最多的就是不要去惹事，但是也不要怕事。

　　作为家里的独生子，我爸一直担心我会被家里的老人宠坏了，尤其是我从小在爷爷奶奶家长大，他们对我的照顾无微不至，我爸怕我将来长大以后吃不了苦，受不住挫折，所以他对我一直都是强调不论遇到什么事情，都不要首先想到求助别人，而是要想办法自己去解决好。我爸教给我独立承担的能力，是他让我知道，不管遇到什么事情，第一反应一定是要去靠自己。小的时候还觉得我爸不近人情，对于他来说，不过是小菜一碟的事

这个世界的一切都很美好，

我所遇到的一切人和事，都是我人生财富的一部分，

不论是擦肩而过，还是结伴同行，

都会被留在时间的相册中，是我一生的回忆。

情，他都不肯帮我。长大之后才明白，我爸是在刻意地训练我依靠自己的能力，这样我才能在未来的道路上，越来越强。

对我的学生，我也是这样要求他们，有的时候他们来找我请教问题，我会问他们，这些问题他们自己有没有认真地思考过，还是拿到题目一看就觉得不会，压根儿没有想一想如何解决，就第一时间来找我帮忙了。

如果认真反复地思考过，的确不会做的话，我会告诉他们应该从哪个方面入手，我不会直接告诉他们解题过程，而是给他们一个思路。授人以鱼不如授人以渔，老师的职责不是简单地教会如何去做一道题目，而是教会学生如何思考。而对那些懒得思考的学生，我会告诉他们这样下去是不行的，我可以给他们讲会一道题目、十道题目，但是他们如果总是一遇到难题首先就来求助我，而不是自己思考的话，那他们永远也学不会自己独立解决问题的办法，只会寻求依赖和帮助。

在韩国读书的时候，有一次和同学上街，一个男人走过来，自称是星探，他说看到我，觉得我外形不错，问我想不想做练习生，然后出道。走在大街上被星探发现这种事情，以前只是出现在杂志上看到过，突然发生在我身上，让我一下子有些受宠若惊，第一反应当然是很高兴的，有机会可以做艺人，唱歌、拍戏，想一想很诱人。

但是，我回到学校冷静考虑了一下，觉得这件事情还是不去做了，还是应该留在学校安心把书念完，因为那个星探说如果我想去他们公司当练习生的话，就要放弃学业，安心进行封闭式的培训，大概三到四年之后，才有机会出道。我还是一个考虑得比较多的人，不会为了一时的冲动就破釜沉舟，做艺人从来不在我的未来规划范围内，对这个职业没有什么太大的热情，我觉得对于我来说，学业还是很重要的，如果放在天平上，和学业比起来，当一名艺人还是不够分量，比起掌声、鲜花和闪光灯，我更享受术业专攻的踏实感，更喜欢校园里安静、自在的生活。

我还考虑到一点，如果为了做艺人放弃学业，离开学校，留在韩国当练习生，三四年之后即便有成为艺人的机会，也会面临万分激烈的竞争，我客观地衡量了一下自己的条件，个头、外形、唱功、舞蹈各方面都考虑了一下，我实在没信心能够从那么激烈的竞争中杀出重围，就算可以成功当上艺人，每天身不由己地工作，没有太多属于自己的私人时间，这也不是我自己想要的生活。

决定好之后，我回绝了那个星探，说自己还是想完成学业，不过还是很感谢他对我的看重。事后和朋友提起这件事，朋友都说："你怎么那么轴？可以去试试看啊，万一真的成了明星呢，大不了就是不行，回国就好了，又没什么损失。"但是我不想为了那个万分之一的可能，更改我的人生道路。我和爸妈说了这件事之后，他们也是当作一个小插曲听过就算了，他们还是尊重我的选择，也挺为我能够坚持自己的学业和人生方向感到高兴。

人生中，总会遇到许许多多的机会，有些机会看起来光芒万丈，似乎很好，但未必适合自己；有些机会看起来没那么耀眼，而且背后的那条路漫长、辛苦，但是你只要一步一个脚印走下去，就能抵达你想去的山峰。我觉得我爸还是给了我很大的影响，我在做任何选择的时候，还是能够做出自己独立的判断，我能够清楚什么是自己需要的，什么是自己不需要的，不会被一些表面的光环所迷惑。

在我的成长过程中，我爸让我变得更坚强、更独立，我妈让我更柔软、更敏感、更懂得感恩，他们总是教我善待这个世界。在我眼中，这个世界的一切都很美好，我所遇到的一切人和事，都是我人生财富的一部分，不论是擦肩而过，还是结伴同行，都会被留在时间的相册中，是我一生的回忆。

我不想哭，因为离别是必然会发生的

　　小时候最喜欢过年，因为有新衣服穿，有压岁钱拿，更重要的是一大家子会热热闹闹地聚上好几天。我一直觉得，一家人就会永远在一起，不会分开，从来没想过，时间会带走一切，包括生命和亲人。

　　姥爷去世的时候，我刚参加工作没多久，一个凌晨，表哥发来信息说姥爷不行了，我赶紧从床上爬起来订机票回家。其实那段时间心里一直都有隐隐的预感，姥爷患了胃癌不是一天两天

了，再加上他年纪也很大了，从他被送进医院，我的心就每天悬着，每天晚上躺到床上也睡不踏实，手机就放在床头，担心手机响的时候自己因为睡得太死而听不到，又担心手机会突然响起带来坏消息。

在往家赶的一路上，我脑子里乱七八糟，想了很多，不知道稍后的场面，自己是不是能够控制住情绪。虽然我从小和爷爷奶奶在一起的时间长，但是和姥姥姥爷的感情也很深，每次去姥爷家里，姥爷都会笑眯眯地拉着我的手和我说好多话，过年的时候会给我买好多好吃的，给我发压岁钱。老人对于小孩子的宠爱总是简单直接的，他会把他能想到的好东西统统拿出来塞到我口袋里，不懂事的时候，觉得姥爷塞给我的是糖果、巧克力、蛋糕，长大后才明白，塞给我的是姥爷满满的疼爱。

小时候不懂事，根本无法理解生死之间的距离，被大人领着去拜年的时候，也只会照葫芦画瓢地作揖说道："祝姥爷长命百岁，万事如意。"然后领着红包就兴高采烈地和小朋友出去玩了。小孩子不了解生命的短暂，那时候觉得未来的日子长得无聊，有大把大把的时光可以虚度，根本不会想象有一天自己会面临与最亲的人说再见的场景。

赶回老家的时候，家里的亲人已经都在为姥爷准备后事了，每个人脸上都挂着沉痛的表情。我被大人安排着做自己应该做的事情，心里是麻木的，也有点不甘心，明明知道姥爷永远睡着了，再也不会醒来看着我，叫我的名字，但是偶尔打个盹儿的时候，半睡半醒间，还是会梦到姥爷在叫我，冲我笑，我也冲姥爷笑，姥爷向我招手，当我跑过去的时候，姥爷又突然不见了，我站在原地四处张望，可是什么都看不到。

一睁眼，屋里没有姥爷的身影。姥姥木木地坐在一旁，看着姥爷生前用过的东西发呆。妈妈躲在角落里，伸手偷偷擦着眼泪，悲伤压在所有人的头顶。我第一次意识到了死亡的威力竟然这么巨大，把每个人的心都生生划出一道伤口。

出殡的过程中，我心里一直特别难受，可是又不愿意大哭，觉得当着那么多人流眼泪是件很丢脸的事情。看到妈妈那么难过，我想要安慰她，但是话到嘴边，又不知道该说些什么。妈妈再也没有爸爸了，我再也没有姥爷了，我们都失去了生命里最亲的人，我再也没有机会喊一声"姥爷"，妈妈再也不能喊出那声"爸爸"。

原来，离别是这么快就会发生的事情。我一直都明白，生离死别是每个人都会经历的事情，只是没想到落到自己头上，会是这样的疼痛难忍，心里疼了很久都没办法缓过劲来。在姥爷去世后的很长一段时间，我们家里人都尽量不去提和姥爷有关的话题，因为一旦谁不小心说起姥爷，就会引起其他人的思念，大家会沉默、会流泪、会难过，那种亲人离开自己的感受，真的特别痛苦，就好像用刀子生生从心头剜下一块肉。

姥爷去世，带给我心里的震动非常大，感觉自己一下子长大了许多。以前还总想赖在父母身边，当一个没心没肺的小孩；在家的时候，吃完饭就钻进自己房间里上网，用手机和朋友闲聊，从来没有想着多花些时间陪陪父母；有时候还会觉得他们什么都不懂，不想和他们多聊自己的事情。以前总觉得自己能够独立生活，不给父母增添负担，回家记得给他们带礼物就是对父母好，其实仔细想一想，父母最需要的是子女的陪伴和理解，他们不在乎子女送他们多贵重的礼物，也不在乎子女的事业到底有多成功，他们想要的其实很简单，无非就是一句问候，和他们多聊聊天，多在一起吃几顿饭。

现在有时候，晚上睡觉还会梦到姥爷。奇怪的是，在梦里，姥爷一直是很模糊的样子，我看不清他的脸。半夜醒来，会为这个梦惆怅很久，不知道为什么会在梦里看不清姥爷的样子。直到有一天，我陪妈妈翻看以前的相册，看到泛黄的老照片上，姥爷一脸慈祥地看着镜头笑，我才恍然意识到，姥爷之所以在我的梦里是模糊的，是因为我担心自己把姥爷忘记。看着照片上姥爷的笑脸，我心里会忍不住说，原来姥爷是这个样子啊！

时光真的很强大，让一些你以为永远不会忘记的人和事，渐渐变得模糊。我很爱姥爷，但是也抵不过时光流逝的力量，姥爷在我心里逐渐成了一个爱的符号，我想念他，与家里人谈起他，但是这些都不能阻止姥爷正在离我越来越远，姥爷永远留在了时光的角落里，而我为了生活和工作，还在不停地向前奔走，在这个过程中，我知道我还将会失去，还会不断与爱的人告别，说再见。

离别大概可以分为两种：一种是站在路口摆手，说下次再见；另一种是望着她\他走入时光的尽头，知道从今往后只能怀念。姥爷去世后，我更加珍惜与身边人在一起的时间，不论是亲人还是朋友，我都会非常珍惜和他们相处的每一分钟，我知道离别并不遥远，随时会近在眼前。想起大学毕业的那个夏天，每天和同学吃一顿"散伙饭"，三三两两地勾肩搭背，穿过校园的操场，一路上经过食堂、教学楼，大家大声说笑，聊着今后的打算，还说好一年至少要在一个城市聚一次，那时候，大家都相信自己说的会实现，毕竟，一年的时间那么长，选出一天来见面是很容易的事情吧。但是，我们见面的时间一推再推，一个一年过去，两个一年过去……

说好的见面，却是再也没见，不是这个人出差腾不出时间，就是那个人家里有事走不开，要么就是大家都腾出了时间，事到临头的时候又有人因为各种各样的原因不能赴约。虽然很扫兴，但是我们还是会互相安慰，没关系，我们有的是机会，今后的日子还长，总会有见面的机会，只是谁也不知道这个机会会什么时候发生。只有真的经历过离别，才真的能够懂得在一起的意义，生活永远不会和你商量，在明天的时候，它会从你生命中夺走哪一样东西、哪一个人。正是因为生活的无常，所以我每天都告诉自己要认真地生活，认真地和身边的人相处。我知道只有这样，心里才会踏实，我才能告诉自己，这一天的时光，我没有白白耗费，没有给自己留遗憾。

不需要为了离别而掉眼泪，因为真到了离别的时候，一切为

时已晚，想要在离别的时候，心里没有那么沉重和遗憾，就要在能够在一起的时候，好好和身边的亲人、爱人、朋友享受时光。生活的底色终归是暗色系的，能够在上面点缀亮色的，就只有我们对生命的敬意，还有对命运的致意了。

总有一个比你优秀的人 还比你晚睡

有段时间，我觉得每天超负荷的工作量，让自己的身体有些承受不住，为了强健身体，我开始每天晚上夜跑，慢跑几公里，出出汗，会觉得身体通透了好多。坚持了一段时间之后，苏州天气热了起来，我就有些懒惰了，开始三天打鱼，两天晒网，有的时候不想下楼跑步，为了继续锻炼，上网买了一个垫子，想着自己可以练练俯卧撑，不过，垫子送到家后，一直放在门厅那里，一次都没用过，我每次看到那个垫子，都会想先放着吧，下一次再用，今天实在太累了，不想运动了。

有一天，下过一场雨，我觉得空气不错，换上跑鞋下楼，准备跑两圈，在楼下做热身运动的时候，看到一个女孩从我身边跑过，她看了我一眼，停下脚步，扭头对我说道："好久没见你了，还以为你不跑了……"

我仔细看了看，并不认识那个女孩，正当我疑惑的时候，那个女孩停下来，一边做拉伸运动，一边和我说道："我也是住这个小区的，之前见你在小区里跑过步。我从半年前每天开始跑步的，你可能没注意我，不过我记得你，咱俩跑步路线差不多，前段时间我总能遇到你的。"

想到自己已经好一阵子没跑步了，我讪讪地说道："最近我没怎么跑，工作有点忙，所以……"

女孩理解地点点头，她说现在工作确实挺辛苦的，她有的时候回到家，躺到沙发上也是一动也不想动，就想换了睡衣去睡觉，但最后还是说服自己，换上跑鞋下楼跑步，"哪怕在小区里快走几圈，我觉得也得下楼来，不然感觉这么点小事都坚持不下来，实在太对不起自己了"。

我心里暗暗佩服，想到女孩能够每天坚持跑步，实在很有毅力，想想自己，有点惭愧，我开始跑步，女孩也接着跑。她说起自己时，我才知道她已经是一个三岁孩子的妈妈，在一家企业任主管。她说生了孩子之后，每天就是处理家里、公司的各种琐事，时间不够用，事情也总是处理不完，生活中、工作中频频出错，恨不得自己长出三头六臂来，那段时间觉得自己快要得抑郁症了。

"有一天，我站在镜子面前，看着我顶着两个黑眼圈，身材是那么臃肿，脸上一点光泽都没有，我觉得我不能这样下去了，必须改变。"女孩一边和我说话，一边跑，她跑得很快，但是一点也不喘，可见她的确是坚持锻炼了很久，而且很有成效。

说起运动总是难以让人坚持下去，女孩表示的确如此。她说自己一开始也没能够坚持，孩子一哭，她就得哄孩子，家里还有一堆家务要做，有的时候公司还要加班，等她回到家已经九十点钟了，那个时候真的是特别不想下楼跑步，只想连澡都不洗，就一头栽到床上睡觉去。

"可是回头想一想，少睡一个小时也没什么，但是我坚持每天都跑一个小时，不但可以锻炼身体，还能减轻体重，你看我现在这个样子，一定想不到我跑步前的样子吧。我觉得做什么事情都得坚持，其实也没什么难的，你就想想你不努力减肥，这身肥肉怎么能掉？比你辛苦的人多的是，别人都能坚持下来，你凭什么不能？"

那天回家之后，女孩说的话一直在我脑海中回响，自己除了觉得心里惭愧之外，也觉得这个女孩的坚持很让我敬佩。我想，任何一件小事的坚持，都可以看出你对生活的态度。我总是和朋友说我要锻炼身体，但是除了给自己买了一堆运动器材之外，自己好像在锻炼这件事情上没有付出多大热情，只是断断续续地锻炼着。只有在感冒了，或者身体不舒服的情况时，才会想起自己应该锻炼。

以前给自己找借口的时候，还觉得理直气壮，觉得自己工作太忙了，或者是要和朋友聚会，耽误一次、两次不锻炼也没什么，但正是因为可以放松这一次、两次，接着就有三次、四次，最后完全把锻炼丢到脑后了。

班上有几个调皮的学生，我有时候和他们谈心，希望他们平时能在学习上多下点功夫，他们总是不以为然。有一个学生和我说："老师，我这么聪明，根本不用现在就努力，快高考的时候，我只要努力几个月，肯定能考上。"

当然这种事情也不是不可能发生的，但是学习不是一蹴而就的事，你平时基础不打好，试图临阵磨枪就能过关，这样做冒的

▼

生活就是一个正向旋转的齿轮机器，

当一个齿轮转上正轨之后，其他的齿轮也会纷纷转上正轨，

生活就会越来越好。

风险太大，而且学校里聪明的学生很多，比你聪明的学生更多，他们每天都还在努力地学习，你为什么就一定会认为自己只要随便努力几个月就能超过他们呢？

努力学习，或者努力工作，努力地生活不是为了达到某种目的。学生努力学习不仅是为了应对考试，还要掌握更多的知识。在校园的这几年，是人生中最安静、最心无旁骛的一段时光，在这段时光中，和老师学习到丰富的知识，让自己的人生有一个扎实的基础，这远比应付一场考试更重要。努力工作，也不仅仅是为了获得每个月的那点工资，工作是为了实现自己的理想，是为了达成自己的事业目标，工作是可以给一份养活自己的薪水，但工作更深的意义远不止如此。

许多人在生活中，觉得生活对待自己不公，但是又不肯付诸努力去改变，只是一味地抱怨。有人会抱怨工作地点太远，每天要早起才能赶得上公交车；有的人抱怨工作太烦琐，根本没有体现出自己的能力；有的人抱怨工作量太大，让自己连一点私人时间都没有；还有人抱怨别人的家庭条件好，所以才能有那么好的机会，自己如果也有那样的家庭条件支持，一定也会很厉害的。

总之，抱怨的人有各种各样的理由，他们看不到别人的辛苦付出，只看到了自己的委屈和不满。我不希望我的学生将来和这些人一样，眼睛里永远只看到别人拥有的，却看不到别人付出的。

我希望我的学生能够知道，在这个世界上，努力的人实在太多了，他们努力，不仅仅是为了实现某种人生目标，努力已经成为他们人生的一种常态，他们希望自己能够通过努力让自己的价值体现得更大，他们用心地生活，并非想要生活回馈他们更多的东西，而是因为这已经是他们对待生活的一种态度了。

我也会和学生讲到那个夜跑的妈妈，从她的状态来看，完全想象不出她之前讲的那个臃肿、憔悴的她，她看起来充满活力，精神特别足，如果她当初没有咬牙坚持下来，她可能还是那个身材臃肿，每天困顿在孩子哭声、家务活和烦琐工作中的人，但是她不愿意被困境桎梏，所以她努力地跳了出来，她每天多付出了一个小时的时间，让自己的生活变得更美好。生活就是一个正向旋转的齿轮机器，当一个齿轮转上正轨之后，其他的齿轮也会纷纷转上正轨，生活就会越来越好。

相反，如果一个齿轮脱离了原本的轨道，而你不去理会的话，日积月累，时间久了，其他的齿轮也都纷纷脱离了轨道，到时候，你的生活就会一团糟，到那个时候你再想要调整生活，可是要费很大一番力气的。

　　所以说，不要认为自己偶尔懈怠没关系，偶尔的不良习惯如果不及时得到纠正，很可能会成为惯性，而毁坏我们生活的，往往是最初不经意的那一点点"懈怠"。

有一种能力，
像树一样扎根

在北京工作的那段时间，我不止一次地问我自己，到底想要拥有什么样的生活，是安安稳稳，一辈子波澜不惊的生活，还是前途未定，努力辛苦却未必会得到自己想要的结果的生活？无论过哪种生活，选择权都在我自己手里。我其实在刚上大学的时候，心里就有了创业的念头，虽然那个时候创业只是一个朦胧的想法，但是我告诉自己，一定要赶紧让自己能力提升起来，不要等到有了机会的时候，却因为自己的能力不足而错过。

在北京那段时间虽然很短，但是我每天都在思索自己的未来。在那座国际大都市里，我想过如果要创业的话，机会的确有很多，但是我不知道那些多如牛毛的机会是否适合我。一些成功学的书上都会写道："成功就是百分之九十九的勤奋加百分之一的机会。"可是我在想，一个人总还是要寻找到适合自己成长的土壤，才能够用那百分之九十九的勤奋，浇灌出能够足以抓住那百分之一机会的能力。

就好像一些高中生在面临文理分科时总是感到很困惑，他们有人想学理科，觉得将来就业会更好一些，但是他们的理科成绩很差，学数理化很吃力，这个时候他们心理上就会很摇摆，不知道自己应该怎么办。我给他们的建议就是：首先从兴趣出发。如果你真的是特别喜欢理科的话，那就选择你喜欢的，然后再努力把成绩提高上来。其次考虑的是在文理科方面，你的实力落差有多大，除了考虑兴趣之外，还要考虑一些实际的现实因素，毕竟我们要面对的这个世界是很现实的，如果不参照实际情况，只是一味地考虑自己的兴趣和一些主观原因的话，未必会得到我们想要的结果。

所以，在北京的时候，我认真地考虑了自己的创业计划，觉得北京暂时不适合我的这个计划的发展。我想创办一所自己的学校，能够帮助到更多在学习上有困难的孩子。在大学做家教的时候，就听我教的学生说，在学校里，老师要管一个班的学生，精力总是有限的，老师不可能照顾到每一个学生，有的学生性格比较内向，自己遇到学习上的问题，又不愿意主动去和老师沟通，老师也未必就能注意到这些学生。所以时间久了，他们的成绩就会落下来。为了提高成绩，家长会为自己的孩子请家教去家里辅导功课，但是如何选择一个适合自己孩子的老师也不是一件容易的事情。

如果能够创办一所补习学校，针对不同学生遇到的问题，制订不同的学习方案，因材施教的话，我相信许多学生的成绩一定会提高得很快。心里有这个想法很久了，但是我也知道，如果在北京开办补习学校的话，是一件很困难的事情，无论是资金、资历，还是其他方方面面的因素，我都没有优势。虽然我不是一个急躁的人，但是我也希望我想做的事情能够比较顺利地推行下去，在竞争激烈的北京，我知道自己的创业计划不是很容易实现。

来到苏州，是我认真考虑后的一个选择。这座城市除了环境、气候等条件是我喜欢的之外，我更看重这里的教育土壤，我认为自己可以把苏州作为梦想开始的地方。如果说在毕业之后选择去北京是一次尝试，那么来到苏州，就是将这里当作了我的起点，在高中做老师的这三年，我不断地考察了好几个补习学校，借鉴和学习了他们的模式和经验，我对自己开办自己的学校更有信心了。这几年我一直在成长，不论是经验还是心态，我都成熟了许多。

如果说最初的创业计划还只是个简单的理念的话，那么在经过了这几年的磨炼之后，创业对于我来说已经算是人生计划的一部分了，对于我的这个创业计划，我也想得更周全、更详尽了，当然我也知道创业不是那么容易的事情，需要学习的地方还有很多，但是我自信自己一定会努力做好的。

在我的学生对未来感到迷茫时，我也会拿我自己给他们举例，对于自己想做的事情当然要坚持，但是也要理智判断问题。如果我当初一门心思地留在北京，也许我现在还是在忙忙碌碌地上班，自己创业的理想也还只是一个理想而已。当然，也许我的创业之路会开展起来，但是这些事情都说不准。人生就是一次又一次的选择，对于我来说，我一定要将每一次选择的成功率算到最大，我不怕失败，我只是不想浪费时间。

东方教育集团创始人俞敏洪在一次演讲中说过这样一段话，我觉得特别适合说给我的学生听，"人的生活方式有两种，第一

▼

一个人总还是要寻找到适合自己成长的土壤，

才能够用那百分之九十九的勤奋，

浇灌出能够足以抓住那百分之一机会的能力。

选择成为一棵草还是成为一棵树，除了要看自己的努力之外，

还要看四周的环境和脚下的土壤。我觉得在成长为一棵树之前，

还要有一种很重要的能力，就是懂得判断脚下的哪片土壤更适合自己的生长。

种方式是像草一样活着，你尽管活着，每年还在成长，但是你毕竟是一棵草，你吸收雨露阳光，但是长不大。人们可以踩过你，但是人们不会因为自己的痛苦，而让它产生痛苦；人们不会因为你被踩了，而来怜悯你。因为人们本身就没有看到你，所以我们每一个人，都应该像树一样成长，即使我们现在什么都不是，但是只要你有树的种子，即使你被踩到泥土中间，你依然能够吸收泥土的养分，自己成长起来。当你长成参天大树以后，从遥远的地方，人们就能看到你、走近你，你能给人一片绿色。活着是美丽的风景，死了依然是栋梁之材，活着死了都有用，这就是我们每一个同学做人的标准和成长的标准。"

选择成为一棵草还是成为一棵树，除了要看自己的努力之外，还要看四周的环境和脚下的土壤。我觉得在成长为一棵树之前，还要有一种很重要的能力，就是懂得判断脚下的哪片土壤更适合自己的生长。生活中不可能处处都是沃土，总有岩石峭壁、浅滩戈壁，如果你是一株耐旱的植物，长在戈壁滩涂上当然没问题，但如果你是一株需要大量雨水浇灌的植物，当然还是生长在温热多雨的地方会更好。

我希望每个人都能找到适合自己生长的土壤，用力地扎根，然后长大。那些只要努力就能打败一切困难的所谓励志格言都是毫不考虑前提条件的伪命题，我希望每个人在选择自己的生活时，还是能够多一些理智和思考，而不是脑子一热就一定要坚持自己那个没有经过生活验证的梦想。有梦想当然是好的，坚持梦想也是应该的，我想说的是，梦想是建立在理智选择的基础上的，如果完全地摒弃了理性，选择了一条完全不适合自己的人生道路，那么你所谓的坚持和努力，就只是会让你徒劳地做无用功。

生活没有童话故事中一劳永逸的幸福结局，生活是不断前进、不断选择的过程，每个人的人生只有一次，我希望我们都能够把握好我们的每一次选择。

04

靠近这个世界的无穷种方法

有缺点没什么可怕的，这个世界是很包容的，只要你足够勇敢，总能够在这个世界上找到一条属于自己的道路。

素颜相对，
眼泪和大笑都不用伪装

　　和这个世界相处的最好办法就是短兵相接。无所畏惧地亮出最真实的自己，与这个世界做最大限度的碰撞，不要怕碰得头破血流，也不要介意别人不理解的目光。你知道自己心里清楚，你愿意为做真实的自己而埋单，这就足够了。成长的道路上，总是避免不了伤痛，每个长大的人，都要付出成长的代价。

　　有的学生曾在微博上偷偷问我："每天要在父母和老师面前装乖学生，觉得好累啊！可是又不敢做真实的自己，怕他们会失望，我到底应该怎么办？"

我鼓励他勇敢地做自己，成为父母和老师眼中的乖学生，远不如做一个真实的自己更有意义，当然在做真实自己的同时，也不能做出格的事情，对于我班上的学生，我一向是鼓励他们活出自己该有的样子。对于学生喜欢做的事情，我一向是持鼓励的态度；对于学生不喜欢的事情，我也不会说一些大道理给他们听。

学生："温老师，我想学吉他。"

我："好啊，如果你在课余时间能够把学习和学吉他的时间安排好，那就去学。"

学生："温老师，我不喜欢学习，对学习没兴趣。"

我："学习是你自己的事情，如果你真的不喜欢，可以选择放弃，但是放弃学业之后所面临的一系列后果，你都要有承担的勇气，不能抱怨，更没机会后悔。"

靠近这个世界、了解这个世界的方法有很多种，我虽然是一名老师，但是我从来也不会觉得这个世界只属于成绩好的学生。我觉得每一个人都有探寻世界的资格和机会，成绩不是敲开未来世界大门的敲门砖，我也不是很赞同一些家长给孩子灌输一些偏执又绝对的思想："只有好好学习，将来考上好大学才有出息。""只有考进前十名才有上大学的希望，只有上了大学才不会被社会淘汰。""现在竞争这么激烈，学习成绩还没提高上去，每天想那些有的没的有什么用？"

学生很容易有逆反心理的，家长越是让他们往东，他们就越想朝西走。家长总是主观地以自己的思维去揣测孩子的心思，家长们觉得自己无论是年纪还是阅历都比孩子多，在生活上的经验教训也比孩子多，所以孩子理应听他们的。但是孩子们也有自己的想法和思考，让他们一味地听从大人的话，他们会觉得自己受到了忽视。

我的许多学生都和我提过，他们的许多真实的想法，都不敢说出来和父母沟通，因为怕父母不理解他们，更怕父母生他们的气，觉得他们不听话。每当听到学生和我沟通这些问题的时候，我还是尽量鼓励他们尝试着和父母沟通一下。我们每个人都是独立的个体，我们有自己不同的想法，有自己对于未来不同的规划，这些想法可能有些是可行的，有些是头脑一热想出来的，是不切实际的，但是那又有什么关系呢？想要真正地长大，总要亲自碰壁几回才行，一直被呵护在笼子里飞不出去，永远也不会知道自己能够飞多高。

我的穿衣风格，许多学生很喜欢，他们会问我衣服在哪儿买的，应该怎么搭配才能凸显自己的风格等的问题。十几岁的孩子，正是注意别人目光的时候，我在十几岁的时候，也不愿意每天只穿宽大的校服，也希望能够有几套让自己看起来很帅、很潮的衣服，也希望自己能够得到大人的认可。所以，我很理解学生们的心情，我会和他们在一起讨论衣服穿搭需要注意的一些技巧，也会给他们一些穿衣搭配的建议。

我从来都不觉得学生的任务只能是学习，学生也应该有享受生活、展现自我的机会，更何况，让自己变得更好看、更帅气是每个人都希望做到的事情，不能因为学生还只是十几岁的孩子，就剥夺他们的权利。

有时，有人会"善意"地提醒我，说我作为一名老师，应该注意自己的形象，不能每天在给学生上课的时候还穿得那么不"朴素"，这样会让学生上课的时候分心。但是，我觉得一个老师如何穿着并不能成为影响学生分心的一个理由，学生们都是有自己独立的判断力的，他们能够分得清楚自己喜欢什么样的老师。

在课堂上，一个老师是否能够让学生把心思用在听讲上，靠的是这个老师的讲课风格和语言技巧。我不论穿成什么样子，我

相信我开始上课之后，学生们还是会把注意力放在我所讲的内容上。对于自己，我还是有这点自信的。

我从不会遮掩自己，我喜欢让自己看起来帅气一些，愿意穿自己喜欢的衣服，虽然风格会有些"潮"，但我觉得没关系的，我希望自己能够真正地做自己，让自己活得舒服一点、自在一点。对于我的学生，我也希望是这样的，我希望他们能够活出各自的精彩来，而不愿意看到他们活得只像一个样子，这指的不仅仅是外表上，还指他们的内在。每个孩子的成长都是独属于他们自己的篇章，有的沉静，有的火热，有的外放，有的内敛，各有各的特点，他们应该活得各自精彩。

中规中矩、守规矩，认真听课、认真学习的学生，当然让老师和家长都很省心。但是换一个角度来看，作为一个十几岁的孩子，一切观念和审美都还在渐渐建立和成长起来，他们当然不会从心里只认同一种最单调、最规范的成长过程，他们肯定有自己的判断和倾向。在这个过程中，老师应该起到的是良性的引导作用，而不是盲目地打击学生，让他们按照一个模式成长。

有的男生会喜欢我衣服的款式，我会当作一个"奖励"，在他们学习进步或者表现不错的时候，准备一些他们喜欢的衣服当作礼物送给他们。学生和我交流起来总是很放松的，因为他们知道我不会有那么多的条条框框去约束他们，我不会总是以老师的身份去"教训"他们，我希望他们高兴的时候就大笑，悲伤的时候就大哭。面对这个世界，每个人都有不同的面孔，有的人冷眼相待，有的人嘴角含笑，有的人世故圆滑，有的人风风火火，这大概就是生活教会我们的一种"潜规则"，在不知不觉中，总有人活成了别人眼中的自己，而慢慢丢失了真正的自己。

作家席慕蓉曾经在她的文章里写道："诗人向明说：'诗人越可爱，写出来的诗越可贵。'我深以为然。'天真无邪'如夏日的芙蓉，可贵的就是那瞬间的饱满与洁净，但是，人生能有几次那样的幸福？只要是不断在成长着的人，心中就会不断地染上尘埃。读诗，写诗，其实就是个体在无可奈何的沉沦中对洁净饱满的'初心'的渴望。我逐渐领悟，这'渴望'本身，也能成为诗质。饱经世故的我们，如果能够在沧桑无奈之中还坚持不肯失去天真，恐怕是更为可贵的吧。"

和这个世界相处的方式有很多种，每个人都试图寻求一条捷径、一条便捷的小道，其实真正的捷径就是和这个世界素颜相对，卸掉脸上的伪装，不用去扮演别人眼中的样子，那样自己会更轻松、更愉快。其实没必要太在意别人怎么看待自己，毕竟自己的人生只有自己在走，我们只要能够真实地做自己，舒服地让自己与世界相处，这就是最好的生活方式。

真正的成长，是学会好好吃饭

　　我一直很瘦，总有人问我是不是在刻意减肥，其实真的没有，我的饭量还是挺大的，在朋友中算是"吃货担当"。因为是在海边长大的，我很喜欢吃海鲜，对各种海鲜都是来者不拒。我也很钟情于火锅，天气冷的时候，约上三五好友，一起围着一锅热气腾腾的火锅吃涮肉，一盘肉下锅，大家抢着吃，又热闹又有趣。

　　对美食的向往，我想是很多人都有的，网上很流行的一句话说："这世界上唯有爱和美食不可以辜负。"吃好吃的，是我觉得人生美满的重要途径，每次吃到美味的食物，我就觉得周身都洋溢着幸福的气息。比如阴冷的下雨天吃到一顿热腾腾的牛肉面；比如在北方寒冷的冬天，吃到一顿香气扑鼻的火锅；比如在燥热的夏季吃到一碗冰凉爽口的杧果西米露，这些时刻都是让我感到生活幸福的瞬间。

因为食物，而对生活充满了感激和热爱，我相信这不只是我一个人的感受。以前在家的时候，每天都能吃到爸爸做的菜，想要吃什么，只要告诉爸爸一声，他都能给我做，后来上了大学之后，一年大部分时间在外地，虽然能吃到的美食也很多，但还是分外想念爸爸做的菜，因为有家的味道。

工作以后，因为太忙的缘故，每天吃饭不规律，常常饿过头了才随便吃点东西垫垫饥。有一阵子，我的胃总是绞痛，医生说是饮食不规律、作息不规律患上了胃炎，让我平时多注意饮食，一日三餐按时吃，还要多吃一些清淡、易消化的食物。从医院出来，我去超市买了各种米和豆子，回家给自己熬了一碗粥，搭配上自己做的凉拌菜，吃得也是十分满足，胃也似乎很满意我的"精心照顾"，一连几天都没有再难受过。

妈妈常挂在嘴边的一句话是："出门在外，自己一定要好好吃饭。"刚开始的时候还不以为然，觉得妈妈是在瞎操心，我都这么大的人了，难道还会像小孩子一样，要等大人哄着才肯吃饭吗？后来才感觉到妈妈的担心不无道理，一个人在外地生活，生活中的事情总是能犯懒就犯懒，和朋友在一起的时候，总是吃很多，自己一个人的时候，能简单就简单；有的时候为了省事，连泡面也懒得吃，随便吃点零食就把一餐打发了。

胃疼给了我一个教训，你怎样对待生活，生活也会怎样回应你。你如果一心想着应付生活，生活也会应付你；你如果精心对待生活，生活也会回报你更多的东西。听从了医生的嘱托后，我不管多忙，也会让自己注意饮食和休息，一日三餐都尽量准点准时，每天不再熬夜，睡前也不会抱着手机不放。

过了一段时间，我觉得自己的生活改善了很多，以前常常觉得疲累，现在觉得精神好了很多；以前觉得许多事情都忙不过来，现在却能够把手头的工作安排得井井有条，还有多余的时间去运动、看书。原来当你善待生活的时候，生活也会给予你更大的善意。

班上有些同学很用功，下课的时候也会在课桌前做题、看书，我让他们出去玩一会儿，他们说要抓紧时间学习，不然考不到好成绩。我告诉他们，这种"珍惜"时间的用功法是不可取的。许多学生都会有这样的问题，觉得自己一直都很用功，别人玩的时候，他们也一直在学习，可是成绩就是迟迟提升不起来，他们搞不清楚问题到底出在哪里。其实症结很简单，并不是所有时间都用来学习，成绩就一定能够提升，重要的还是在于效率。当你在上课的时候，集中注意力把老师讲的都吸收，并且全部都想明白的话，下课的时间不看书、不做题，这些知识也是牢牢掌握在你脑子里的，但是如果在上课的时候开小差、不认真，老师讲的东西没有听懂，下课的时候就算再怎么看书、做题，自己抓不到要领，也是无济于事的。

我建议这些同学改变一下学习的思路，在该做什么事情的时候，就去做什么事情。上课的时候，就专心听讲，把自己不懂的问题都搞清楚；下课的时候就去外面玩，调节一下脑子，不然学校安排课间休息是为了什么呢？

真正有效的学习不是花费全部的时间在学习上，而是利用有限的时间完成尽可能多的学习任务。真正的生活也不是整日让自己忙得脚不沾地，而是要该工作的时候工作，该休息的时候休息，在恰当的时间里，做恰当的事情，整理好自己的生活时刻表，会发现生活变得轻松、有序起来。

我之前觉得工作就要把自己全部的时间投入进去，每当朋友

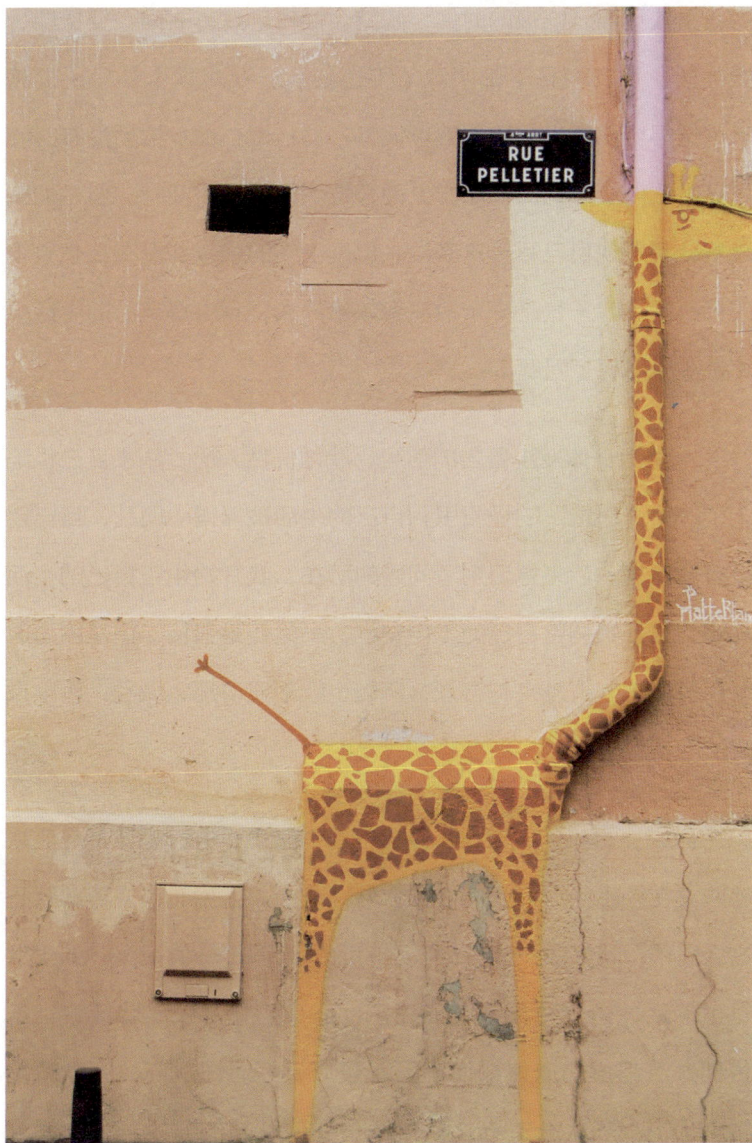

168

约我出去见面、吃饭的时候，我就会说自己没有时间，要备课、要补课。朋友们私下都叫我"工作狂"，我对这个外号还挺满意，觉得自己的人生状态就应该是：忙！忙！忙！忙到没有时间休息，忙到没有时间和朋友见面，忙到饭都没时间吃。但是忙到最后，我发现自己尽管这么忙，但是工作的成效并没有我想象中的那么好。我一直是一个很注意效率的人，我觉得自己的生活一定是哪里出现了问题。

一直到身体发出警告的信号，我才恍然大悟，原来自己也陷入了一个"瞎忙"的怪圈里，自己的生活被弄得一团乱，自己还没有意识到。后来意识到了问题的所在，我开始纠正自己的生活规律，也开始调整自己的工作安排，虽然还是很忙，但是因为时间和事情规划得越来越合理，所以也就不显得那么慌乱，可以说是忙中不乱了。

原来，真正的成长，不是自己能够赚多少钱，也不是自己能够独立在外生活，而是能够学会好好吃饭。人生有许多道理就是这么简单，就好像一些看似很难的数学大题，分值很高，如果做对了的话，得分一下子就上来了，但我们就是绞尽脑汁，尝试各种办法都不知道该如何解答，最后只好遗憾放弃，眼睁睁地看着那道大题失分。等之后搞清楚如何解题的时候，才会懊恼不已，原来只要从最简单的一个角度考虑，问题就能迎刃而解，但是在做题的过程中，偏偏没有想到那一层，总是在往复杂的地方思考。

生活与做数学题有的时候有些类似，我们总是把问题复杂化，本来很简单的事情，我们总是会考虑得很复杂，最后把自己也搞得焦头烂额，其实完全没有那个必要。

我们以为成长是个复杂的过程，我们给自己立下许多目标，有近期的目标，有长期的规划。人生就好像一场人仰马翻的战役，我们发誓自己要当战胜到最后的将军，攻城略地地拿下尽可能大的版图，好像这样的成长才够荣耀。但其实成长的含义就是自己长大之后，学会照顾自己，懂得照顾身边的人，能够感知生命中每一个微小的瞬间，懂得体会最平淡却真实的味道。

一粥一饭间，最见真正的人生哲学。真正的成长，就是在该吃饭的时候，走进厨房，为自己煮一顿味道熟悉的饭菜，在那平淡的果腹感中获得最踏实的幸福，而不是拿起手机叫一份油腻的外卖。

接受不完美的自己

我记得有一年放寒假前，一个学生和我聊天，说他不想过寒假，我问他为什么，每个学生都盼着放假，可以不用上课，他为什么会不喜欢过假期？学生向我倾诉，说他不是不喜欢假期，假期可以不用每天早起，还可以有时间做自己的事情，他当然想放假了，但是放寒假意味着马上要过年，过年的时候，家里的亲戚朋友都要登门拜年，他的亲戚或者他父母的朋友见了他，总是要问他考试成绩、考了第几名，有的亲戚还会问得很详细，每一科的成绩都要问到，他觉得很烦恼。

"温老师，你也知道我的成绩不靠前，每一次被大人问成绩，我就觉得很丢脸，也觉得给我爸妈丢脸，特别不想回答，但是他们每一次都问。"这个学生苦恼得很。的确，像他这样的情况，我从小到大也经历过，每次逢年过节，亲戚长辈就喜欢问孩子的成绩，考得好的孩子总是能够骄傲满满地说自己考得有多好，而考得不好的孩子就只好低着头，用几乎听不到的声音说自己考得不好。

上学期间，我的成绩都是不错的，每一次长辈问到，就如实回答，从来没有多想什么，现在听了自己学生的内心话，才觉得当众被盘问成绩这件事情，对于成绩不好的孩子来说有多伤自尊。

我没有办法阻止这位学生的家里人不去过问他的成绩，便只能和他说成绩不够好是事实，你再怎么苦恼、再怎么遮掩也是改变不了的。与其为了这个而烦恼，不如想办法把成绩提高上来，这样再次被家里长辈或者朋友问到的话，也就不会觉得那么窘迫了。或者当长辈们再问起成绩的时候，可以和他们多聊一聊自己擅长的事情，让他们知道你虽然没有考得特别好，但是在其他方面还是有优势的。

看到那个学生心事重重地离开学校，我也知道自己的建议

我不愿意为了别人的目光而改变自己，我很享受自己当下的生活，

我当然知道自己不够完美，但是我接受这样的自己，

我知道自己的人生道路应该怎么走。

不一定能够帮到他。有成绩好的学生，自然就有成绩不够好的学生，身为老师，当然很希望一个班的学生成绩都能够很优秀，都能够考上很好的大学，都能够拥有很好的前途，但是，从客观角度来说，这不够现实，学生的水平总是会参差不齐，这是没办法的事情。

在一次坐地铁时，离我不远处坐了一对母子，妈妈看起来很干练的样子，正皱着眉头看一张试卷，儿子大概小学四五年级的样子，背着书包，低头坐在妈妈的身边，手指头紧张得搓着衣角，看得出来，他很害怕妈妈生气。

从我这个角度正好可以看到试卷上的情形——一片红色的叉号，那个年轻的妈妈痛心疾首地指着卷子上的试题，声音很大地指责儿子："这么简单的题目，你怎么还会错？你最近是不是又偷偷玩游戏了？每天我累死累活的为了谁啊？还不是你吗？你就给我考这么点分数？你对得起谁啊？"

"对不起，妈妈。"男孩的声音被他妈妈的高嗓门遮住，一直到我下地铁，那个妈妈还在不停地教训自己的儿子，根本不管地铁上的人频频对他们行"注目礼"，也不管自己的儿子脸红到了耳朵根。

　　我不知道后来那对母子怎么化解了矛盾，但是因为学习成绩，引发家长和孩子的矛盾这类问题，一点儿也不少见。

　　虽然学生的成绩各有高低，但是我希望他们每个人都能在面对生活和将来步入社会之后会独立，内心强大。人无完人，每个人都有自己的缺点，每个人自然也会有自己的优点，可能有的学生学习成绩很好，但是运动能力不行，不管是打篮球还是踢足球都没办法得分；或者音乐方面不够好，唱歌五音不全，不好意思当众开口唱歌。有的学生可能成绩虽然不够好，但是作文写得很好，或者画画很厉害。总之，每个学生都有他的长处，也有他的短处，我不会只凭成绩就去断定一个学生的未来。

　　我也常常和家长说，对待自己的孩子，不要一味只是强调成绩，成绩只是学生的考核标准的一个部分，不能认为自己的孩子成绩很差，就全然失去了美好的未来，就是不可救药的。这是不客观的，全盘否定孩子，对孩子的成长也是一种伤害。

　　对于学生，我也会鼓励他们在努力提高成绩的同时，不要觉得自己成绩不够好就放弃自己，要接受不够完美的自己。有些地方，自己比别人差一些，但是总有别的方面，自己是强过别人的，所以没必要自卑和自暴自弃。

有的时候，我也会遇到类似的困扰。工作之后，总是会遇到有人问我买房买车了吗，一年挣多少钱的问题，他们总是会举例子说谁谁谁买了多大的房子，谁谁谁又买了多好的车。还有人问我："为什么你在网上那么有名，现实中看到你也不觉得你有多厉害？"我反问道，是因为我没有穿名牌、开豪车，所以觉得我不厉害吗？那个人点点头说："差不多吧，你那么有名，我看你微博粉丝那么多，你怎么还是当一个高中老师啊？"

对于这样的质疑，我也只能是一笑了之，我不能为了让别人觉得我很厉害，就用名牌和豪车来伪装自己，那样我会觉得我活得很累。我在微博上的粉丝多，是因为很多孩子喜欢我上课的风格，也喜欢和我聊天，探讨数学学习方面的问题。在做老师这方面，我觉得自己很努力，至于其他方面，我没有想过要包装自己。

我是一个理科男生，从小的兴趣就在理科方面，我不会为了装作自己很有底蕴，就整天发一些著名作家写的段落、句子，我只会在微博上发我感兴趣的内容。

我是一名老师，不是一个商人，更不是一个艺人，我被越来越多的人熟知，也是因为老师这个职业，我不会为了去获得更多的粉丝，去给自己做一些没必要的包装。那不是真实的我。

　　面对一些"敦促"我好好工作，努力让自己变得更完美、更全能的人，我只能说不想理会那么多，我知道自己该做什么事情，也知道自己在什么时候最轻松自在。我不愿意为了别人的目光而改变自己，我很享受自己当下的生活。我当然知道自己不够完美，但是我接受这样的自己，我知道自己的人生道路应该怎么走。

　　小的时候看过一个小故事，小马离开妈妈，想要蹚过一条河去，但是来到河边，它迟迟不敢下水，它不知道河水有多深。这个时候，一只青蛙告诉它，这条河特别深，根本探不到底，让它小心一些。而正从旁路过的长颈鹿告诉小马，河水一点也不深，才过小腿肚子，让它放心地过河。青蛙和长颈鹿各执一词，它们都说自己说的才是正确的，让小马听自己的，小马觉得头都大了，不知道该怎么办才好。

　　眼看天色越来越晚，小马咬咬牙，一步一步迈下河水，它想自己试一试河水到底有多深。它走到河中央的时候，发现河水没过了它的肚子，随后它过了河，回头看过去，这条河水并没有长颈鹿说的那么浅，也没有青蛙说的那么深。

　　我们就像小马一样，站在生活面前，不敢迈出第一步，因为耳边总有人在给出不同的意见，扰乱我们的判断，唯一的办法就是自己走进生活，就像小马过河一样。我们要自己在生活中折腾一番，才知道适合我们的生活到底是什么。

有缺点没什么可怕的，这个世界是很包容的，只要你足够勇敢，总能够在这个世界上找到一条属于自己的道路。

做自己的骑士，
召唤梦想

我相信许多男孩子小的时候都有过一个军旅梦，幻想自己穿上军装，在部队里挥汗如雨地训练。因为我爸爸当过兵，所以，我小时候就特别希望成为一个军人，能够保家卫国，为祖国贡献出自己微薄的力量。那个时候，小小的身体里，蕴藏着大大的梦想，想要赶快长大，好能够让自己去实现梦想。

长大之后，小时候的梦想被一个又一个更实际的目标所取代，我们不再整天幻想着拯救世界，或者是去改变世界，我们想

得更多的是如何改变自己，改变自己当下的生活；我们想得更多的是和一份稳定的收入有关，和一份有发展前景的职业有关，我们更愿意承认自己平庸，而不愿意再提当初的梦想。我们变得越来越不勇敢，越来越没自信。对待生活，不想再全力以赴，因为我们怕自己会失败。小的时候，我和小伙伴们在一起，大家总是能够特别自信地说将来要做……虽然小的时候，梦想千奇百怪，但是那个时候，我们拥有无所畏惧的心态。

现在，我和一些人在聊天时，我发现大家越来越会给自己找借口，每次说起梦想，大家总是会说："当初我的梦想是，可惜……""小时候我特别希望自己，但是……""如果不是因为……"

每一个借口都源自现实的残酷，好像这个世界对待成年人总是特别的苛刻，我们变得不再敢相信梦想，有的时候我提起梦想，会有人揶揄道："那都是小时候胡思乱想，现在想想还是挺可笑的。"梦想是人最初对世界怀有的全部憧憬，就算有些稚嫩，就算是无法实现，也应当被当作心底的珍宝珍藏起来，而不是用嘲弄的口吻全部否定。

我的一位朋友给我讲过他的一位朋友的故事。他的那位朋友是一个很普通的男生，他从小的梦想就是当飞行员，但是家里人总是当他在说笑，谁也没当回事。他一路升学，读大学，虽然谈不上特别优秀，但也算是一路顺遂，在他大学毕业的时候，在招聘会上，他成功签到了一家国企，拿到了Offer，家里人都很为他高兴，觉得他这一辈子有了一个稳定的工作，是件好事。

但是，这个男生在拿到Offer之后，还是觉得自己想要当飞行员，他和自己的室友们说了这个梦想，室友中有人反对，说他好不容易找到一份不错又稳定的工作，如果为了不靠谱的梦想而放弃就太可惜了，更何况，飞行员的考核十分严苛，他就算去报考，也未必能够被录用，到时候只会鸡飞蛋打，什么也得不到。但是有一个室友十分支持他，那个室友轻描淡写地说道："梦想哪有什么靠谱不靠谱的？想做就去做。再说了，你才二十多岁，就算失败了，再爬起来就好了，有什么大不了的？"

最终，那个男生下定决心，推掉了国企的工作，去报考了飞行员。家里人知道后，一开始特别反对，坚决不同意他放弃已经到手的工作，父母和亲戚轮番做他的思想工作，想要让他"回头是岸"，大家的说辞无非就是现在他还太年轻，不懂得生活的辛苦，总是想当然地为了一些不着边际的事情浪费自己的时间，到最后他一定会后悔的。

那个男生说他不觉得自己的梦想是不着边际的事情，他从小就想当飞行员，从来没有改变过想法，而且他早就打听清楚了，自己各方面都符合飞行员的条件，他相信自己只要足够努力，一定不会错失这个梦想的。而且，就算他真的当不了飞行员，起码他努力过了，这样才不会后悔。

父母拦不住，只得任由这个男生去考飞行员。他大学学的是金融专业，突然跑去考飞行员，许多人都特别不理解，等着要看他的笑话。但是让所有人没有想到的是，这个男生最后成功当上了飞行员，他实现了自己的梦想，虽然这期间他吃了不少苦头，也走过一些弯路，但是最终，他没有放弃。

当上飞行员之后，别人再见到这个男生，不会再说反对他实现梦想的话，也不会再说他梦想不靠谱的话，而更多的是羡慕他的勇气和毅力。对于自己终于能够飞上蓝天，男生表现得并没有特别激动，他早已经在决定放弃安稳的生活和工作，去报考飞行员的那一刻起，就知道自己选择了一条最想走的道路，他要做的只有一件事，那就是认真地将这条路走到底，并且走出自己的风景。

这就是梦想的力量。真正的梦想，是可以激发人们自己也想不到的潜能。许多人不敢去追求梦想，只想泯然在众人中，因为他们害怕自己被别人嘲笑不靠谱，怕自己万一失败了会丢脸。他们不敢尝试，因为他们害怕未知的一切。那个男生当初一定也经历过这些心理挣扎，但是他最终还是愿意为了自己的梦想勇敢一次，他不愿成为一个国企的普通职员，每天待在办公室里朝九晚五，那不是他渴望得到的生活，他不愿意余生那样度过，所以他选择了梦想。

小的时候，我们笃定地说自己会成为骑着白马的骑士，拯救全世界，但是在长大之后，我们却不肯再披上铠甲，而是选择对生活妥协。我觉得没有梦想的人生是平庸的，人可以平凡，但不能平庸。我在和学生们聊天时，常对他们说的一句话是："你的梦想有多大，你自己就会有多强大。"

这句话其实不是我说的，是小米科技的创始人雷军讲的。他是一个相信梦想，并且愿意为了梦想付出努力的人。雷军在读大学一年级的时候，一个很偶然的机会，他在学校的图书馆里看到了一本书，书名叫作《硅谷之火》，书里讲述了乔布斯那些硅谷精英创业的故事。看完这本书后，雷军的心里久久不能平静，他激动得好几个晚上没有睡好觉，觉得自己也应该像书中所提到的那些人一样去干一些大事情，他相信自己的实力，认为自己将来毕业之后也能够成为一个厉害的人。

梦想建立之后，雷军并没有就此打住，他知道如果想要实现梦想，一定要付出百分之百的努力和汗水才行。他开始给自己制订

一个又一个的小目标，分阶段地朝自己的梦想前进，他花了两年的时间就修完了大学的全部学分，接着他又为自己制订更多的目标，虽然有难度，但也都很合理，在雷军的努力下也都一一实现了。

"温老师，我太笨了，这些题目太难了，我就算想破脑袋也想不出来。"一些学生在和我抱怨功课太难时，我会告诉他们，这个世上没有几个真正的天才，也没有几个绝对的笨蛋，绝大多数人的智商都是差不多的，而有的人能够把功课完成好，考试成绩优秀；有的人功课做得一塌糊涂，成绩总是不及格。这之间的差距就在于努力和勤奋的程度。

我们要有梦想，也要有实践梦想的行动，不然再大的梦想也是空谈。在一次给大学毕业生的演讲中，雷军说道："我想跟大家说，我相信在座的每一个人都有梦想，我相信你们为了梦想都付诸了行动。我要问的是，五年后，十年后，二十四年后，二十五年后，你们还有没有坚持梦想的勇气和决心，而且相不相信坚持梦想的力量？"

这也是我想要和我的学生们说的话，我相信每一个人都有自己的梦想，也都会为了自己的梦想而努力，只是这努力会坚持多久，全要看每个人的选择。生活是公平的，有得就有失，我们能做到的就是选择自己最想要的，放弃不想要的。

我希望人生可以轻松些，再轻松一些

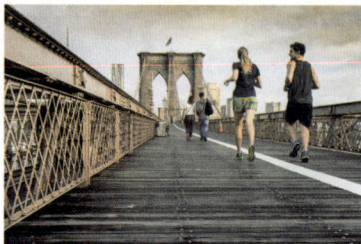

　　工作之后，特别怀念上学时候的日子，每天过得特别单纯。上课、写作业、打球，和同学在一起有聊不完的话题。那时候，我的全世界就是校园和家那片小小的天地，虽然很小，但在当时的我看来，就是全世界的模样。

　　我妈每次给我打电话，就是不断叮嘱我不要太累，她说工作是做不完的，生活才是我们最重要的工作。一开始的时候，我并不认同妈妈的话，觉得妈妈总是在打击我的斗志。我和我妈说我人生好多规划都还没实现呢，我还这么年轻，不趁现在精力好，赶紧拼一拼，难道要等到年纪大了才后悔吗？我妈说拼事业当然是无可厚非的，但是生活同样很重要，一个不懂得如何生活的人，事业也不会好到哪里去。

我妈是一个很懂得生活的人，她出门不管是去参加朋友聚会，还是去超市买菜，都会把头发梳得特别好，衣服穿得很得体。有一次，我和爸妈准备下楼遛弯儿，我和我爸在客厅里等了好半天，我妈还没有换好衣服，我想催我妈快一点，我爸让我别催，他说："这是你妈的生活习惯，她永远要以最好的状态出现在别人面前。"

以前，我会觉得我妈好麻烦，现在我不会这样认为，现在我觉得我妈特别懂得生活，她将生活过得很有仪式感，这是我从她身上学到的很重要的一点：那就是生活不论过得怎么样，自己都一定要尊重自己的生活，不要看轻生活。

其实，仪式感并不复杂。所谓的仪式感不是一定要在出席饭局的时候穿上正装，不是在吃饭的时候一定要配上昂贵的餐具，也不是要把商场里所有标签上价格高得离谱的衣服都收入囊中。仪式感是一种形式，可以很简单，比如在你去见朋友的时候，可以喷一点香水，将头发梳得整齐一些，衣服熨烫得服帖一些，不让人看出褶皱，这就是一种仪式感。当你清清爽爽地出现在朋友面前时，不但你感到愉悦，也会让你的朋友自然而然地被你的气息所感染。

有的学生交上来的试卷总是皱皱巴巴，涂抹得黑乎乎的，做错的地方被修改得乱七八糟，我改试卷的时候看着很费劲，心里会很不舒服，我相信交这份试卷的学生也没什么好心情，这样怎么能考好呢？

而有的学生交上来的试卷十分干净，我一眼看过去，不管是做对的题目还是做错的题目都是一目了然，我就会拿着两份试卷作比对，给那个试卷皱巴巴的学生看，让他自己找出问题的所在。

"的确是别人的卷子看起来更好一些。"那位同学自己也不得不承认，当他看到自己那份试卷的时候，心里也会觉得不舒服。我让那位同学换位思考，他自己可能在做题的时候没有意识到，一份视觉上很糟糕的试卷，会多么影响判题人的心情。其实，这些都是生活中很小的细节，稍微注意一下就可以避免。在做题的时候，先不要急着往试卷上填答案，在草稿纸上把做题的思路大致写出来，整理好思绪，再一步一步地往试卷上写，这样既可以提高正确率，也可以提高效率。

　　仪式感会让我们的生活幸福值提升很多。当你把身边的每件小事都做到精致的时候，你会发现自己原来那么多的问题通通都不见了。比如当你把每一套衣服都搭配得当，去面试工作，或者去见客户时，首先都会赢得第一印象分。或者在上学的时候，每天早起半个小时整理好书包用具，预习一下当天所要学习的功课，一整天你都会觉得很轻松，没有手忙脚乱的疲惫感。

　　我以前的口头禅是："随便吃吧。""凑合凑合得了。""差不多，这样就行了。""应该可以吧，就这样吧。"

　　敷衍生活是最不费力的事情，你以为随便应付生活，会让自己轻松起来，但其实你在敷衍生活的时候，生活也在敷衍你。你觉得随便吃点东西就好了，你的胃久而久之就会产生问题，给你的身体造成负担。你觉得随便买一套床上用品就可以了，但不舒服的感觉会伴随你每个夜晚，让你睡不安稳，影响睡眠质量。你懒得练字，觉得只要写得别人能够认出来就行了，但是当你签名或者需要写东西给别人看时，别人就会对你的印象大打折扣。

　　真正想让生活轻松起来，最好的办法就是不要去敷衍生活。日常生活是很重要的过程，每天二十四小时，我们要把每一秒钟都过好，认真对待生活，生活才会更多地回馈我们。有一个小测验，找了几个测试者，问他们如果他们的生命还剩下最后三天，他们想做什么，想怎么度过？答案五花八门，但是有一个共同点，那就是每个测试者都不愿再像之前那样凑合着活了，他们都列举了自己最想做的事情，希望能够在最后仅有的时间里，将自己的生命质量提高。

正是因为我们知道我们还有无数个明天，所以，我们就不会那么珍惜当下的时光，可是如果我们知道自己所剩的时间不多时，都会想要把生活重视起来。既然如此，说明在我们心里，对生活还是有所要求的，那么，我们为什么不能将每一天当作仅有的日子，好好地、认真地去生活呢？

生活就像一片海，我希望我自己，也希望每一个人都能够以各自舒服和喜欢的样子，自由自在地过自己的生活，而不是为了所谓的适应社会，就把自己摆放进一个又一个规整的模型里，成为连自己都不认识的"模具人"。我也不希望自己过得太过松懈，将生活过成一本"糊涂账"，我希望人生可以升高些，再升高些，让我能够看得到更高的山、更远的海；我希望人生能够轻松些，再轻松些，让我能够仔细品味生活的酸甜苦辣，感受人世的冷暖情怀。

我始终觉得，我们无论如何都要承认一件事，那就是这个世界很大，我们有无数种方式可以去了解它、走近它，但如果是敷衍的态度，那么走近世界的道路会越来越少、越来越窄。

　　能够确凿地明白人生的人，是能够独立生活，永远洋溢着热情，又不失天真的人，他们会对生活永远抱以透亮的心，人生对于他们而言是一种修行，更是加持，他们能够在每日的生活中，将自己充实得很勇敢，将人生过得更轻松。

旅行是通往灵魂的公式

满世界都在喊"世界这么大，我想去看看"的时候，我正在埋头准备毕业论文；被朋友圈里的旅行照刷屏的时候，我正在给学生们补习功课，让他们为考前做最后的冲刺；当我终于有了自己可以支配的时间时，我只想瘫在沙发上，吹着空调发呆。

不知道从什么时候开始，旅行成了"居家必备，治疗伤心，治疗失恋"的良药。只要有人心里不愉快，就会说"来一场说走就走的旅行"，好像只要拎着行李箱出门一趟，回来就会成为一个焕然一新的自己。我认真分析过其中的心理，觉得很没有逻辑可循，一个人心理受到了伤害，出去看一看陌生的风景，见一见陌生的人，的确是会让心情缓解、放松一些，但是当回到原点，之前的问题依然摆在那里，并不会因为出门旅行了一圈，问题就迎刃而解，不复存在了。所以说，旅行顶多算是可以缓解疼痛的止疼药，不能算是治疗"百病"的特效药。

我也很喜欢旅行，旅行是放松的好方式，从小到大，我一直都很喜欢旅行，找出行李箱，背上相机，和好友相约，去一个全新的地方，的确是很惬意的事情。不过，在我看来，旅行的前提是真正地享受这件事情，享受旅行的过程，而不是为了某种目的去旅行，那样只会让自己很累。

选择定居苏州，有一个原因就是我去苏州旅行的时候，觉得这座城市是我心目中的宜居城市。第一次去苏州的时候，我还很小，除了一个模糊的印象之外，对苏州没有太深的了解；当我长大之后再去苏州，我在看风景的同时，也会认真考量这座城市的其他因素，经济发展、人文习惯、饮食起居等，我将所能想到的事情都考量过之后，才郑重决定来到苏州工作和生活。

我常说自己有的时候旅行，看风景只是顺便的事情，我更喜欢的是在风景背后的东西，比如当地的生活环境、人们的人文习俗等，那些隐藏的东西让我更感兴趣，了解得越多，就会越对这个世界充满敬畏；知道得越多，就越会觉得自己太过渺小。在韩国读书的那两年，我去做兼职，打工挣来的钱，除了用在生活费上之外，大部分都拿来当了旅费，我去了韩国许多地方，了解了很多之前根本了解不到的韩国的风土人情，那些是我在学校根本不会接触到的事物。

可能因为自己学的是理工科，更相信眼见为实，什么事情都想要亲眼去看一看、验证一下。小时候的课文里有"读万卷书，行万里路"，我觉得读书如果是寻找自我的途径的话，那么旅行就是通往灵魂的一道公式。在旅途中，你可以遇到美景，遇到美食，遇到旅人，更会与自己相遇。旅行让我开阔了眼界，也让我增长了知识；在旅途中，我还结识了许多朋友，我们谈天说地，分享各自的生活和见闻；在旅行结束之后，有些朋友再也不曾见过，有些朋友偶尔会在朋友圈里点赞，但是我知道，他们是真实存在于我生活中的珍珠，每一颗都点亮我前路的方向。

学生们在假期的时候，如果出去旅行，会给我带一些礼物，他们还会分享在旅行中的趣事。看着他们兴高采烈的样子，我知道他们的旅途很愉快，而这段愉快的记忆也会伴随着他们的成长，烙印在脑海深处。我会鼓励他们多出去看看，身为老师，能够教给他们的毕竟很有限，数学的世界很浩瀚，但校园外的大千世界更是耀眼。我始终相信，人看得越多，经历得越多，成长得才会更快、更扎实。

深夜的朋友圈里，有时候会看到有人在发一些很颓废、很沮丧的消息，但是当清晨醒来，又会发现那条消息被他们删除不见了。人总是会这样，在自己独处的时候，发泄着内心的压力和焦虑、痛苦和无助，深夜的黑暗包围中，觉得全世界都睡着了，只有自己可以放心地宣泄一番，然后当天亮起来，所有人都开始忙碌，内心的痛苦或者迷茫就会被封闭起来，继续投入工作或者学习中去。

我们所有人，都要面对各自的压力和苦恼，我相信在这个世界上，没有谁是完全无忧无虑、没有烦恼的，就连小孩子，也会为了不愿意做作业，或者做错事担心被父母批评责骂而苦恼，更何况是像我这样的成年人呢！我自己是很少在朋友圈发带有负能量的消息的，偶尔会有抱怨，也是很轻很轻的一句话带过，所以我很多朋友和学生都会好奇，他们问我是不是生活和工作中从来没有烦心事，每天都过得很开心。

对于他们的疑问，我只能说谁会没有烦恼呢！我当然也会有自己的苦恼和暂时面临的难题，但是在我看来，沮丧和抱怨都不是解决问题的最好办法，反而会让你陷入低落的情绪中无法自拔。情绪越低落，越是无力改善现状，这是个恶性循环，就好像解数学题一样，当你答题答到一半无法做下去的时候，越是钻牛角尖，就越是做不出答案，不如换一个思路，也许很快就会找到答案。

生活就是一时顺风、一时逆风。出门旅行，有时会艳阳高照，有时会大风大雨，遇到风雨就找可以遮风挡雨的地方躲一躲，遇到烈日阳光就撑伞挡一挡。我觉得在生活中，解决的办法总比问题多，没必要让自己陷入负能量中苦苦挣扎，寻找解决的出路才是打开困顿之门的钥匙。

旅行可以是轻松的、惬意的，也可以是匆忙的、紧张的，看你选择了什么样的路线，什么样的时机，不管你选择什么样的旅行，只要是你主动选择的，就好好享受这个过程。当旅程结束之后，你会意外地发现，自己远比你想象中的更厉害，更能经受得住考验。

在旅行中，我遇到过好几次很窘迫的事情，比如需要护照的时候，突然找不到；比如应该付钱的时候，钱包里的钱不够了；比如在陌生的城市街头，和朋友突然走散了，等等。这些突发状况都是我出发前无法预料到的，但是不论发生什么事情，最终我都解决了，旅行也没有受到影响。

　　未来，我想自己还有许多地方要去探索，世界那么大，我可能一辈子也无法走遍，但是我会珍惜每一次旅行的机会，在旅途中尽情享受远行的这个过程，去和未知的一切从容相遇。未知，往往是我们心中最大的恐惧。我的学生告诉我，在考试的时候，最让他们紧张的时刻是考卷发下来的前一秒钟，因为不知道试卷上的题目是什么样子的，他们不知道自己会不会做，心里充满了各种担忧，但是当试卷拿到手里的那一刻，心里所有的不安和担心便通通落地了。会做的题目，还有不会做的题目，都呈现在眼前，他们只要沉下心来答题就好了，也就没有了那些无谓的担忧。

　　旅行教会了我，不要对未知感到忧惧，安心地走过去，接近它，会发现并没有什么可害怕和担忧的。成长也是如此，不要对未来充满担忧，也不要总是患得患失，做好眼下的事情最重要，明天的一切，就交给明天的自己去处理。

05

关于未来的相对论

我在二十一岁的时候也觉得自己会永远地生猛下去，什么难题都难不倒我，对什么困难也不会惧怕，心里充满了激情，还有对未来生活的向往。

向阳生长，
像我这样的年轻人

　　每年的六月一过，看着学生们收拾书包，叽叽喳喳地商量着暑假的安排，我才真正觉得时间从自己身上流淌了过去。这个世界上有许多事情是不易被察觉的，就好比光阴的逝去，平时总觉得时间还宽裕，手头的事情可以往后推一推，总有机会再做的，但是当你突然醒悟的时候，回头一看，时间根本一秒钟也没有等你，把你和你没完成的事情通通抛在了后面，看看我自己的事项表，上半年罗列的事情还没做完，下半年已经迫不及待地开始了。

　　参加工作之后，就总觉得时间过得太快，面对班上的学生们，心里不由得感叹自己已经是个"中年人"了。之前在网上看到新闻上写联合国认定1992年出生的人已经是中年人了，还忍不住想还嘴说这种新闻真是夸大其词，但是现在却越来越觉得自己真的是"上了年纪了"，有种"岁月催人老"的感觉。

　　王小波说过这样一段话："那一年，我二十一岁，在我一生的黄金时代，我有好多奢望。我想爱、想吃，还想在一瞬间变成天上半明半暗的云。后来我才知道，生活就是个缓慢受锤的过程。人一天天老下去，奢望也一天天消逝，最后变得像挨了锤的牛一样。可是我过二十一岁生日时没有预见到这一点。我觉得自己会永远生猛下去，什么也锤不了我。"

　　我在二十一岁的时候也觉得自己会永远地生猛下去，什么难题都难不倒我，对什么困难也不会惧怕，心里充满了激情，还有对未来生活的向往。我的性格比较像我妈，还算外向，朋友聚会上，通常是活跃气氛的那一个；也喜欢组织一些聚会，总是聚会的中心；上大学的时候，我参加了许多校园活动，比如主持人大赛、模特大赛之类的，二十岁出头的自己，觉得全身充满了活力，好像用也用不完。

　　工作之后，慢慢发现自己的冲劲没有原来那么足了，很多时候对许多事情似乎少了些热情，总是被几个问题所困扰：这件事情什么时候能够结束？自己花费这么大的精力、这么多的时间去做这件事情到底值得不值得？

和朋友在一起聊天，说起了各自的工作和生活，语调都是向下的，我终于忍不住，有一天问朋友："你有没有觉得我们最近活得很低气压？我们以前不是这个样子的，怎么会变成这样了呢？"

朋友不以为然地说道："我们长大了嘛，变成大人了，操心的事情更多了，要做的事情也更多了，不管喜欢还是不喜欢的事情，只要是我们的责任，现在我们都要做，以前我们只管做自己喜欢的事情，怎么会不嗨呢？"

也许朋友说的是对的，越长大，就好像越容易不开心，心里装的事情就越多，不像以前，不管什么天大的事情，只要睡一觉醒来，第二天就全部忘记了。朋友说很羡慕我的生活，觉得我每天在校园里和学生打交道，生活简单，工作也没那么多钩心斗角，但是我反倒会觉得自己有点羡慕他们的生活，每天能够被自己支配的时间更多，有更多的精力去做自己的事情，只要负责自己就好了，不需要为别人操心。不像我，每天一睁眼想的就是怎么端正班上学生的学习态度；每天闭眼的时候还在想到底有什么办法让同学们的学习劲头儿再足一些，让大家考试的成绩再上一个台阶。

也许，大家都是这样，认为别人的生活总是好的，自己的生活中总是充斥了各种各样的麻烦和解决不完的问题。我们没有想过，每个人都面临着自己想象不到的压力与烦恼，做老师是我喜欢的工作，我也觉得自己可以为这份职业付出全部的心血，但是在工作中总是会遇到许多不可预知的问题，而最初的干劲儿也会被一个接一个的问题把耐心磨光。人为什么会越长大越觉得辛苦呢？

有空闲的时候，我会看学生在群里的聊天，看他们叽叽喳喳地说着各自的烦恼和趣事，觉得还是当小孩子好，在他们看来，再大的烦恼也不过就是和家长拌嘴、玩游戏被骂，或者成绩不理想。

也许，生活就像一杯苦咖啡，最初喝的时候，只是尝到了上面的奶油泡沫，觉得满嘴都是甜的，可是越往下喝，越会觉得苦涩。生活就是不断地进行，不断地品尝苦味。我试着问朋友："如果我不做老师，你觉得我还适合做什么？"朋友没有正面回答我，他只是反问了我一句："如果你不做老师，你还想做什么？"我被问得一时语塞，不知道该怎么回答，因为我自己也不知道，如果我有一天不做老师，我还想将什么职业当作自己的奋斗目标。

不知道答案，可能就是真正的答案，在我心里，做老师是要做一辈子的事情，眼前所遇到的一些烦恼，不过是完全不用放在心上的小问题，随着时间的推移，还有经验的累积，都是可以迈过去的。

在看《奇葩说》第四季的最后一集时，邱晨在说为什么长大后变成自己讨厌的人是一件坏事时说道，当你长大之后变成了自己讨厌的人，你觉得这是一件坏事，那是因为你变成了别人，你丢了自己，你看到的不是自己，而是别人，所以你才会觉得那是一件坏事。

关掉视频，我想了想自己，是不是也因为是变成了别人，所以才会对现在的自己这样不满意？我一直在和我的学生强调，不论将来发生什么，重要的是遵从本心，要听从自己内心的声音去生活，不然就会丢掉自己。那么，我自己是不是也是这样做的呢？在忙碌的工作和辛苦的生活中，我有没有一不小心丢掉自己呢？

左思右想，我觉得我还是在做自己，而我之所以坐立不安，

是因为我害怕丢了自己。我想在这个世界上，有许多像我这样的年轻人，对于未来，我们有太多的期待；对于当下，我们要做的事情也太多太多了。在这个信息爆炸的时代，我们每天都被大量的信息"洗脑"，被各种新鲜的"观念"冲击，有的时候，也会被搞得辨不清方向，会对自己产生怀疑，我们想要做自己，又害怕在不断的成长过程中变成令自己讨厌的人。

不管怎么样，我们都要更加勇敢、更加理智地去面对世界、去认知自己，不会被任何观念、任何事情所挟持，当自己搞不清楚状况的时候，也不要着急惊慌，轻轻地问问自己的内心，自己到底是谁？需要的是什么？自己真正想做的是什么？

因为年轻，所以来得及

高考结束之后，一般都是几家欢喜几家愁。考上大学的学生会过一个愉快的暑假，在假期中盼着自己的大学生活早点儿到来；可是落榜的学生，或者发挥失利，没有考好的学生就会闷闷不乐，为自己的前途充满担忧。

有的学生会在为自己要不要复读而纠结。高考结束之后，我接到的学生咨询电话和私信很多，他们很多人都说自己没有考好，看到同班同学都考得不错，觉得自己很没用，很有挫败感，感到未来很迷茫，不知道该怎么办才好。

他们的心情我可以理解，毕竟遭遇了失败，没有谁会一下子就能够接受，但是我还是要告诉他们，事实已经是这样了，难过的话，就去发泄，去痛哭，去想各种办法消化自己的伤心，但是不要一直沉浸在难过的情绪之中，要尽快地走出来，重新收拾心情，准备迎接下一次的挑战。

今年没有考好，如果不服气，可以明年再考一次；如果觉得自己考的大学不够理想，又不愿意复读，可以在大学毕业之后再考研究生。总之，生活是一直向前走的，至于如何选择，那是你自己的事情，但是不要因为受了一点挫折，就妄自菲薄，觉得日子过不下去了，这种心态是不可取的，因为年轻，所以一切都还来得及。

我会和一些学生讲那个父亲患癌症去世的女生的故事，这个女生的父亲，我也是见过的。在他病得很重的时候，我去医院看望他，他整个人特别虚弱，躺在病床上和我说话，气息微弱的样子，真的很让我难受。我也经历过亲人去世的痛苦，我难以想象，如果这位女生的爸爸真的离开了她，她这么小的年纪，该怎么挺过来。

那个女生的爸爸用祈求的眼神望着我，说希望我能多照顾他的女儿，让他的女儿不要因为家里的事情而分心，还是希望能够把主要的时间和精力放在学习上，考上一个好大学，这样就算他离开了这个世界，也会觉得安心。

我在医院安慰了这个女生的父亲几句，让他好好养病，现在医学这么发达，只要他配合医生治疗，还是可以多陪伴自己女儿一些时日的。在那位父亲眼中，我看到的是满满的父爱和对女儿的牵挂。我知道他很内疚自己生了病，没办法再继续照顾女儿、照顾这个家，我心里特别希望他能够好起来，虽然我也知道这个微弱的愿望，对于他当时的病情来说，可以说是天方夜谭。

不久之后，我这个学生的父亲就去世了。一个十几岁的小女孩突然失去了父亲，家里就像天塌下来了一样，我特别怕她承受不住这样的打击，每天都安慰她、开导她，怕她的精神垮下来，毕竟马上要面临高考，算是学生时代最重大的一次考试，我不想她有什么闪失。她看出了我的担心，反而笑着对我说："没事，温老师，真的，我会努力的，一定不会辜负爸爸，还有你的期望。"

后来，她果真考上了大学，成绩超过二本线30多分，算是一个不错的成绩了，完成了她爸爸的遗愿。这样的女孩子本该享

受家庭的照顾和呵护，可是今后的人生道路，她都得一个人去面对，但是我相信她一定会走得很远，因为她从来不肯屈服，不论遇到多大的风浪，她都能够勇敢地挺过来。所以，我和那些因为高考失利就满心委屈的学生说："你们和她比起来，根本没有委屈的权利，你们有幸福的家庭，有父母的关爱，不过就是一次考砸了的经历，不至于这么沮丧，打起精神，重新来过就好了。"

这个女生的故事也感染了许多孩子，他们也觉得自己和这个女生比起来，的确幸福太多，而这个女生能够做到的事情，他们也能够做到。我不断向他们强调，他们还这么年轻，一切都是来得及的。梦想是不容易追逐到的，但是我们一定不能因为遇到一点苦难和险阻，就自暴自弃，觉得自己不行。我虽然不鼓励学生们盲目乐观和自信，总是提醒他们要客观地看待一切、看待自己，但是我更不允许我的学生们一味悲观和低沉，人生难免遇到沟沟壑壑，谁也不能保证自己一辈子都一帆风顺，所以，我们都要有抵御风雪的能力和勇气，不能被人生路上的"坏天气"所吓退。

我和学生们开玩笑说："老师已经这么大岁数了，还为了自己的梦想在不断努力，你们还年轻，更没理由轻易放弃。"我最不喜欢听到的一句话就是："我已经这么大了，干什么都晚了，还费那个劲儿干吗啊？"我觉得拿年龄做挡箭牌，是一个很不负责任的借口，只要肯努力、肯付出，任何时候都不算晚。有的学生会在高考前几个月就自暴自弃，说自己整个高中都没好好学习，最后几个月的复习根本没什么用，不如看看课外书自在。我当然不能允许学生有这种破罐子破摔的思想，我告诉他们只要想学习、想要用功，不管从哪一天开始都不会晚，就算几个月的复习时间没办法将成绩提高太多，但是只要有了这份努力的心，第二年、第三年，可以一直努力下去，总能够实现自己的目标。

有的学生虽然考得不错，但是他们觉得自己还是不够优秀，看到新闻上报道的一些省市的高考状元，会觉得很羡慕。我会安慰他们，高考状元不是每个人都能当上的，但是我们每个人可以成为自己生活里的状元，不断超越自己。我还和他们开玩笑说，我看过一个调查，百分之八十的高考状元来自教师家庭，所以，我建议他们可以去报考师范学校，这样他们将来的孩子就有很大的可能成为高考状元。

学生就会打趣我："温老师，你就是想让自己孩子当高考状元，才来当老师的吧？"我也毫不犹豫地点头承认。虽然是和学生们开个玩笑，但是我就是想让他们明白，他们的未来有着无限可能，他们可以放心大胆地去追逐理想，因为一切都还来得及。我喜欢看球赛，因为我觉得球员在赛场上的拼搏精神总是能极大地感染我，不论是他们进球或者失利，他们欢呼还是黯然，我都能从他们身上吸取能量。有一次，我看到一个对科比采访的节目，他那个赛季很倒霉，受伤、不断出状况，没办法赢球，在面对惨淡的赛季结局时，科比对记者平静地说道："我希望每个人都能平心静气地直面这个结果，仔细倾听外界对我们的憎恨、恼怒，不但要仔细听，还要认真记住每一个在你跌倒的时候上来踢你一脚的人，明年一定不会是像现在这样了，我们要做的就是感谢当下的这个局面，因为明年我们一定不会再跌倒。"

我也想借科比的这番话，对我的学生，或者是其他正在因为自己经受的挫折所困扰的孩子说，平静地面对一些坏的结果，因为任何负面情绪都不会让你更好地解决问题，只会让你的心情"down"到底。与其一头栽进坏情绪中顾影自怜、自暴自弃，为什么不能抬起头，挺起胸，再努力一次？就算再失败了又怎么样？这世上的任何事情都不会太晚，只要你能够找到自己喜欢做的事情，认真地决定开始，就永远不会太晚。

重复的事，也可以很有趣

　　我在读大学的时候，就常有人问我："你学的数学专业，除了做老师，将来还可以做什么？"我说数学可以用在很多领域，如果不做老师，将来的职业也是可以有很多选择的。往往听我说完之后，问我问题的人还是不理解我为什么会选择这么没意思的专业，将来的工作听起来也是很枯燥。我没有和他们争辩，我觉得每个人的兴趣爱好都不同，你不能强求所有人都赞同你的生活方式，都欣赏你的兴趣所在。

对于数学，我从小就有一种挥之不去的兴趣，能够将兴趣当作将来的职业，我觉得这个选择也很不错。当然，人生中有许多有趣、好玩的职业，说起来，我也不是完全都没有兴趣去尝试，但是和数学比起来，我还是觉得那些职业在我心目中少了一些魅力。学生将我的照片放到网上之后，我的关注度高了起来，时不时地会有一些经纪公司想要找我合作，但是最后都被我拒绝了，我觉得当一个网上的红人不是我想要的人生，我还是更喜欢做老师这份职业。

我是一个抗压能力还算比较强的人，越有压力，我动力就越足。有朋友说我是天生的受虐狂，总想给自己找罪受，明明可以有更轻松的工作去做，偏偏要选择压力大的。其实，我觉得我只是不想逃避压力罢了，我不想因为有压力就放弃自己喜欢的工作，我觉得越是有压力，越是能够让我更加下定决心把这份工作做好。

生活中，许多人都是畏惧压力，不愿面对压力的，其实，在我看来，压力也是一种动力。俗话说"人无压力轻飘飘"，我爸就老在我耳边念叨"人无压力不成才""男人要敢于直面生活的重压"这类的话，所以，我觉得正视压力，和压力较量一番，让压力成为自己的动力，是生活中的强者的选择。

　　我在网上看到过一个很有意思的自然物种，它们曾经生活在大海里，后来因为各种自然条件的变化，曾一度登上陆地，成为陆地生物，这种奇怪的鱼因为脊柱是中空的，所以人们把这种鱼叫作空棘鱼，也叫腔棘鱼。

　　生物学家研究后发现，在白垩纪之后的地层中找不到它们的踪影，所以，生物学家得出了一个结论，那就是这种鱼虽然登上了陆地，但是并没有在陆地上生存下来，它们全部灭绝了。人们想象海洋生物要在陆地上进化，适应陆地生活的确是很困难的事情，地球发展至今，那么多物种，在地球的运动变化中，有的顽强地活了下来，有的就在这个过程中灭绝消失，这就是大自然的选择，适者生存。

　　但是，令人们没想到的是后来在南非居然发现了一条腔棘鱼，这个发现让生物学家振奋了，一直以来以为早已经灭绝的史前鱼居然还活着。人们判断腔棘鱼在登上陆地之后，有的鱼进化出了四肢，成了爬行动物，后来在地球的自然条件变化下，慢慢灭绝，但是还有一部分鱼又回到了海洋，并且一直生存了下来，人们之所以没有发现这种鱼，是因为它们一直生活在11000米以下的海底。

　　人类对于海洋的探索还太少，尤其是深海，对于人类来说，

这还是一块未能被完全探索的禁地。海底有着巨大的压力，水深每增加10米，压力就要增大一个大气压，所以可想而知，在11000米以下的海底，压力得有多大，几乎不可能有生物在那里生存。但是，腔棘鱼就在那样的恶劣环境中生存了下来，它们忍受了海底黑暗、寒冷的恶劣环境，将自己藏身在礁石的洞穴中，承受着1100个大气压，活在海底世界。

最初看到有关这种鱼的信息，我觉得很是震惊，没想到还有这样顽强生存的物种，在海底生存了几亿年，所以仔细想一想，压力也没什么可怕的，就好像这种腔棘鱼，它们在海底那么强大的压力之下，还不是活了下来？对于我来说也是如此，虽然觉得自己为自己选择的人生道路上会有不小的压力，也有许多可想而知的困难在等着我去克服，但是我不会因为这些就放弃，我觉得越是在压力之下，越是能够磨砺自己，就好像沙漠中生长的植物，条件越是恶劣，便越是用力将根向下延伸，让自己能够吸收到更多的水分。

当有人问我工作压力大不大，有没有觉得每天就是上课、补课这样的生活很枯燥时，我告诉他们工作中的确会有压力，但是我并不觉得有压力对自己是一个不可承受的问题。生活和工作在我看来就是一个痛并快乐的过程，这世上不会有百分之百的轻松，也不会有绝对的痛苦压力，我们要学着调节生活的节奏。

许多人会先入为主地认为从事和数学有关的工作会很枯燥，当老师每天和学生打交道会被许多琐事拖累。其实，只要你喜欢，这一切都会变得有趣起来。我喜欢数学，觉得任何和数学有关的东西都是乐趣。我喜欢做老师，也喜欢和学生们在一起，自然也就不会觉得处理他们的事情是烦恼了。

对于我的学生，我也会在和他们平时聊天时告诉他们，这世上大部分工作都没有最初想象的那么有趣，就好像你很喜欢去游乐园玩儿过山车，但如果让你每天都玩儿，过不了几个月你也会觉得腻烦。长大以后选择工作也是如此，就算你做了一份认为自己很喜欢的工作，日复一日的重复性的工作，也会渐渐消磨你内心最初的热情，如果你对这份工作没有足够的喜爱和坚持，很容易就想要放弃，或者工作得索然无味。

16世纪，德国有一个数学家叫作鲁道夫，他用了一辈子的时间和精力，把圆周率算到了小数点后35位，后来人们将其称之为鲁道夫数。鲁道夫死后，别人把这一串数字刻到了他的墓碑上，表示对他的尊重和敬仰。鲁道夫一辈子就在计算圆周率，这是一件常人想一想就很枯燥、重复的工作，但是鲁道夫并没有放弃，他坚持了一生，一定是因为他对自己的工作充满了敬意。

　　还有一位瑞士的数学家叫作伯努利，一生致力于研究螺线，在他死了之后，人们在他的墓碑上刻上了一条对数螺线，对这位数学家表示崇高的敬意。在伯努利的墓碑上还刻有一句话："我虽然改变了，却和原来一样。"懂得数学的人都能够了解，这句话既表达了螺线性质，又表达了这位数学家对数学一生不变的热爱。

　　这两位数学家是我很尊重和喜爱的，我自己虽然没办法在数学领域达到和他们一样的高度，但是他们对于数学精益求精的研习精神一直在深深地鼓励着我，我愿意将老师当作自己一生的事业，在数学的领域，同学生们一起探索、求解。知识的海洋是无边无际的，我不会因为自己是老师，就觉得已经可以不用继续学习了，希望能够在未来的每一天，在日复一日的工作日程中，我不但自己能够在工作中体会到乐趣，也能够将这种乐趣传递给我的学生，让他们了解到在自己的未来做一份值得并且愿意坚持一生的事业有多么重要。

自由不在外面，而在于内心

　　寒暑假的时候，我有一些自由的时间，想约几个朋友去旅行，他们都说自己要上班，没有时间，一个朋友加班到很晚，我都快要睡觉的时候，他才回我的微信："我才从公司出来，最近都没有时间，快要忙死了，哎呀，真希望能够早点儿财务自由，能够想干吗就干吗，不用天天这么被一堆事绑着。"

　　的确，现在社会中，我们每个人都很忙，忙于事业、忙于家庭，似乎只有忙才能够证明我们自身的价值。我们不敢偷

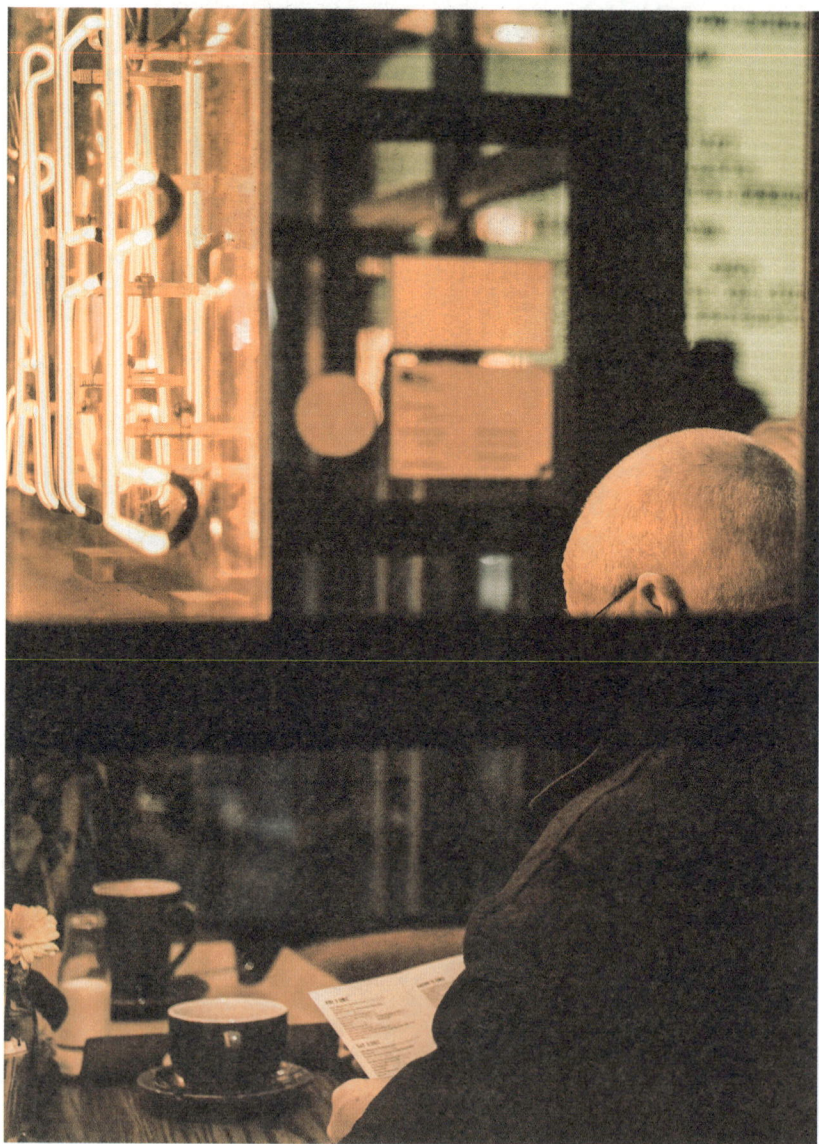

懒，也不能偷懒，只有像陀螺一样不停地旋转，才能让自己觉得心里踏实。当忙碌成为一种常态的时候，我们往往会忽视内心的声音，我们只会不自觉地跟随别人的步伐，而忘记了自己的节奏。

最近的一段时间，我也是变得越来越忙了，除了学校里的工作越来越重之外，我还要利用大量课余的时间帮前来找我的学生补习功课，还要为自己的服装潮牌做设计、联系厂家等。一件又一件的事情都在等着我去解决，有的时候，我也会觉得自己有点应接不暇，顾头不顾尾，忙得有些狼狈。但是尽管如此，我还是要抽出时间读书、旅行、看电影、陪父母聊天吃饭，因为我很相信电影《肖申克的救赎》中的一句台词："自由不在外面，而在于内心。"

人生来没有绝对的自由，小孩子要听父母的话，父母会禁止他们做一些他们想做而父母觉得不好的事情；长大上学之后，每天要按时上学，在校园里遵守校规，不能在上课的时候做认真听讲之外的事情，放学之后要按时完成作业，不能随心所欲地看电视、打游戏；上了大学要遵守大学的规章制度，修满学分，为将来工作打下良好的基础；参加工作之后，又要为了生计奔忙。

《肖申克的救赎》中还有一句台词是："I guess it comes down to a simple choice,get busy living or get busy dying."简单地翻译一下，就是生命可以归结为一种简单的选择，要么忙于生存，要么赶着去死。

的确如此，生命从始至终，有太多东西想让我们去追寻，我们得到了一样东西，又想得到第二样东西，在生命中有太多东西是我们想要追求得到，但是对于我们来说又是无用的。很多时候，我们常常会在对欲望的追寻中，逐渐失去真实的自我。法国人文主义作家蒙田曾说过："我认为生命值得称颂，富于乐趣，即便我自己到了垂暮之年也还是如此。我们的生命受到自然的厚赐，它是优越无比的。如果我们觉得不堪生之重压而白白虚度此生，那也只能怪我们自己。"

一个小故事，相信许多人都听过，一个富翁来到海岛度假，他看到一个渔夫驾驶着渔船去打鱼，没过一会儿，这个渔夫就带着一网鱼回来了，富翁问他天色还早，为什么不多打几网鱼再休息。渔夫说这一网鱼已经够家里的妻子和孩子吃两天了，他可以用空闲的时间陪孩子做游戏、陪妻子做家务，还可以和朋友一起喝喝酒、唱唱歌。

富翁听了渔夫说这样"不努力"的话，就劝说渔夫一定要努力工作，每天多花一些时间去打鱼，反正孩子还小，将来陪他们的时间还多的是，妻子也会理解渔夫努力工作的意义，将来攒够钱，他们全家可以搬到大都市生活，买一套大房子，可以投资开一家店铺，就不用每天打鱼了。他可以当店铺的老板，努力把店铺经营好，然后开连锁店，赚到钱再换更大的房子，买更好的车子。

听完富翁的话，渔夫问："买了更大的房子，换了更大的车子，然后怎么样呢？"富翁说："然后你就可以像我这样来到海岛度假，晒太阳、游泳了。"渔夫听后指了指自己，说道："我现在不是已经这样做了吗？"富翁听后哑口无言，不知道该说些什么。

在富翁的眼里，渔夫一点也不上进，对待自己的工作没有付出足够的努力，但是在渔夫看来，自己有自己想做的工作，还能够陪伴家人和朋友，除了在物质上没有太多的追求，他的生活是他想要的。很多时候，我们就是身处渔夫的位置，耳边总能听到"富翁"那样的忠告，告诫我们要不停地努力奋斗，因为这样我们的未来才能够得到保障。我们觉得也很有道理，就将全部的时间用于工作上，但是我们自己并没有想过，真正的生活到底应该是什么样子的，除了物质的丰裕之外，还应该有什么？

　　我有的学生在说起自己的未来时，总会笼统地说将来要挣很多很多的钱。我想说有赚钱的欲望并没有什么不对，但是我们要做的不是迷失在未来的道路上，而是应该明确地分辨出自己想走的未来应该是哪个方向。

　　想要拥有自由的生活不是一定要等到财富累积到一定程度之后才能够实现的，自由的生活不在于外部的生活条件，而在于你的内心世界。并不是说当你有能力承担得起飞往海岛度假的费用，就可以拥有自由的生活，也许到时候，你虽然身处海岛，但还是在心里装满了各种各样的事情，没办法真正地静下心来享受假期。那这种表面上的自由，其实不是真正的自由。

　　渔夫虽然没有富翁有钱，他可能一辈子也不会见识到大都市的繁华，住不起带泳池的别墅，也不会拥有自己的店铺，但是他更懂得享受生活，他知道生活并非只有工作，除了工作之外，对于他而言还有更重要的事情，陪伴家人、与朋友相处、与自己相处，这些在他看来，都不是可以忽略的事情。

　　人生中有许多事情远比世俗上认为的所谓的"成功"更重要。每当遇到学生担忧自己如果考不上好大学，就没办法找到好工作，将来的生活可能会没有别人那么光鲜亮丽的时候，我就会告诉他们，这世上的人有千千万万，就有千千万万种活法，不是每个人都能上最好的大学，也不是每个人都能拥有高职厚薪的工作，更不是每个人都能活成"精英模板"的样子，我们的生活由我们自己做主。坚持做自己想要做的事情，暂时的困难不能说明什么，也没必要和别人攀比，毕竟每个人的自身条件和身处环境都是不同的，没有可比性。

对于身边朋友的一些抱怨，我通常会劝他们自己掌握自己的生活，而不是一味地将生活的质量寄托在工作上。以前看过一个小故事，一个垂钓者在岸边钓鱼，不停地有鱼上钩，他却不停地把钓上来的鱼放回河里。周围的人问他为什么这么做，他说自己家的鱼缸太小，太大的鱼拿回去，鱼缸放不下。周围的人都说他傻，多钓上来几条鱼，自己不想要，可以拿去集市卖掉。但是垂钓者说自己来河边钓鱼，只是想钓一条小鱼，回家放到鱼缸里，给自己的孩子观赏，他不是卖鱼的商贩，没有兴趣为了多挣一点钱，去做一些自己不感兴趣的事情。

人生的道路上，找到适合自己的目标真的很重要，知道自己要干什么，而且能够毫不犹豫，坚定地去做这件事情，比挣扎在左右摇摆的情绪中对自己更有好处。

► 想要拥有自由的生活不是一定要等到财富累

积到一定程度之后才能够实现的，自由的生

活不在于外部的生活条件，而在于你的内心

世界。

　　我们总是憧憬一些高不可攀的梦想，以此当作自己前进的动力，让自己疲惫不堪，但是还不肯轻易认输。其实想一想，将生活过得踏实一点、实在一点，你能够得到的更多。

　　关于未来、关于自由，不关于财富、不关乎地位，你的心里是自由的，灵魂便是自由的。但是如果你画地为牢，将自己困在欲望和对名利的追逐上，那么自由就只是一个永远在前方的梦境而已。

总有一首歌，
会让你想到谁

　　音乐是我生活中不可或缺的一部分，我每天都要听自己喜欢的歌，不然，这一整天就会觉得缺了点什么。在我看来，音乐带给我的不仅是一种生活中的享受，更是一种心灵上的慰藉。

　　　　对这个世界如果你有太多的抱怨
　　　　跌倒了就不敢继续往前走
　　　　为什么人要这么的脆弱堕落
　　　　请你打开电视看看

多少人为生命在努力勇敢地走下去

我们是不是该知足

珍惜一切就算没有拥有

还记得你说家是唯一的城堡

随着稻香河流继续奔跑

微微笑小时候的梦我知道

不要哭让萤火虫带着你逃跑

乡间的歌谣永远的依靠

回家吧回到最初的美好

不要这么容易就想放弃

就像我说的

追不到的梦想换个梦不就得了

　　周杰伦的这首《稻香》是我上学时候单曲循环了很久的一首歌。那个时候，同学们都听周杰伦、陈奕迅的歌。上中学的时候零花钱不多，没有足够的钱买他们演唱会的票，我和同学们就约定等我们长大了，工作了以后，挣到了钱一定去买VIP的票，站在最前排听周杰伦、陈奕迅唱歌。

　　后来，我工作了，能够买得起演唱会的票了，却一次也没有去过。有时候路过一些街边的店铺，听到里面传来周杰伦的歌声，熟悉的旋律瞬间勾起青春的记忆，上学的时候，只是觉得周杰伦的歌很好听，长大之后再听，却是能够听出不同的味道。有人说，周杰伦的每首歌都住着一个独立的灵魂。我以前觉得这话说得太夸张，歌曲就是歌曲，哪里会和什么灵魂有关系？现在每次听周杰伦的歌，渐渐能够理解那句话的含义，唱歌的人无心，听歌的人却有意。歌声留住的是过去的那段岁月，每当听到曾经最爱的歌时，本以为忘记的那些往事会一件件浮现在眼前。

周杰伦的歌会让我想起学生时期很多事情，那些久不联系的同学也会浮现心头，想起我们一起上课，一起出去玩，一起偷偷议论隔壁班的女同学；想起我们一起约定将来要去看周杰伦的演唱会。十几岁的天空永远湛蓝无云，我们曾以为生活会永远那样平静、快乐地继续下去。

可是，当我们渐渐长大，投身进忙碌的工作中，为了追寻各自的梦想和目标而感到十分辛苦时，我们忘记了当初约定要一起去看演唱会，忘记了当初是多么信心满满地畅想未来，我们一路前行、一路丢弃，丢掉了最初的自信，也丢掉了最初的本真，如果说长大是不断地蜕变，对于我来说，那些蜕去的壳，都是我内

当忙碌成为一种常态的时候，

我们往往会忽视内心的声音，

我们只会不自觉地跟随别人的步伐，而忘记了自己的节奏。

这世上总有一首歌，会让你想到过去的谁，

当歌声响起的时候，不论何时、不论何地，心中以为早已忘记的人，

还有往事，一幕一幕，犹如浪涛汹涌，从心底的海，翻腾到眼底。

心十分珍惜的。

　　一个下雨天的夜里，我给学生补完课已经很晚了，天气又不好，我在路边等了很久才打到一辆车，上了车之后，司机体贴地递给我一包纸巾，让我擦擦脸上和身上的雨水。当时外面的天气有点凉，车里开着一点点暖风，我冰冷的手脚立刻感觉到了暖意，觉得心底涌上一股暖流。

　　问了我要去哪儿之后，司机开车驶向目的地，他随后打开音响，我耳边传来一串熟悉又遥远的音符，是陈奕迅的歌。

一九九五年我们在机场的车站

你借我而我不想归还

那个背包载满纪念品和患难

还有摩擦留下的图案

你的背包背到现在还没烂

却成为我身体另一半

千金不换它已熟悉我的汗

它是我肩膀上的指环

背了六年半

我每一天陪它上班

你借我我就为你保管

我的朋友都说它旧得很好看

遗憾是它已与你无关

你的背包让我走得好缓慢

总有一天陪着我腐烂

你的背包对我沉重地审判

借了东西为什么不还

听着以前喜欢的歌曲，和司机聊起了音乐。司机说他也喜欢陈奕迅、喜欢周杰伦，我们一起说起了那些年他们唱过的歌。车窗外雨越下越大，道路两边的路灯昏暗不明，但是我心里却是充满了对过去的青春岁月的回忆。每一首都是一个故事，让我想起那段岁月里的人和事。

到了目的地，我下车的时候，发现司机的眼睛里亮晶晶的，他看起来比我的年纪大不了几岁，在短短的这段路程中，我不知道我提到的哪首歌触动了他内心曾经柔软的地方。这世上总有一首歌，会让你想到过去的谁，当歌声响起的时候，不论何时、不论何地，心中以为早已忘记的人，还有往事，一幕一幕，犹如浪涛汹涌，从心底的海，翻腾到眼底。

到了家以后，洗漱完毕躺在床上，窗外的雨声已经听不到了，夜也很深了。我翻来覆去地睡不着，脑子里响起的全是以前听过的歌，干脆爬起来打开电脑，把以前听的歌都搜索出来，一首接一首地播放。以前睡觉前都是听着这些歌入眠，现在倒是听着这些熟悉的旋律失眠了。

音乐是有魔力的，会给生活注入保鲜剂，不管往事在时光中走了多远，音乐都能把它们拖拽回来。在韩国留学读书的时候，我很喜欢一个韩国歌手权志龙，很关注他唱的歌。我当了老师之后，发现自己的学生中也有许多人喜欢他。学生知道我也喜欢权志龙的时候，他们很高兴，经常会和我一起谈论，有些一开始不太知道权志龙的学生，因为我的原因，也开始慢慢听他的歌，渐渐喜欢上了他的歌。

我喜欢的歌手大多是唱作俱佳的类型，他们不但唱歌好听，而且非常有音乐才华。在我看来，才华是最重要的，远胜于样貌。我的学生有时候会问我："老师，你明明可以靠脸吃饭，干吗要靠才华啊？"这种时候，我都会很严肃地告诉他们，容貌总会有老去的一天，但是才华是会不断累积增值的，如果你想要让自己的人生不断迈向新的高度，就要不断激发自己的才华，而不是去想一些很省事的办法，那些办法可能在短期内是有效的，但是从长远来看，并非能够让你一劳永逸。

我现在很喜欢五月天，他们要是开演唱会，我只要有时间，就会去现场感受热烈的气氛。在我看来，五月天能够这么多年，一直被众多粉丝喜爱着，他们能够不断地创作好听的歌曲出来，主要还是因为他们有才华；大家喜欢他们，也是因为他们的歌曲能够带给人们心灵上的共鸣。如果没有才华支撑着，他们的音乐梦想也不会一直继续，而我们对于他们的喜爱也不会持续这么久。

和朋友去看五月天的演唱会，在人山人海中，我和朋友被巨大的音浪声和观众们的呐喊声淹没掉，在人群中和朋友一起尖叫，觉得很开心。我喜欢和朋友一起做有趣的事情，那些瞬间都会成为日后回忆中的精彩。

喜爱音乐，就像热爱生活一样。我喜欢的一位音乐人马玉龙在一次音乐节上说道："我热爱这种生活，有人会问我你坚持做乐队这么久……不，我从来没有认为这是坚持，我

生活和工作在我看来就是一个痛并快乐的过程，

这世上不会有百分之百的轻松，也不会有绝对的痛苦压力，

我们要学着调节生活的节奏。

认为这就是我的生活，是生活中最美好的魅力，为什么不继续做它？"

音乐是对所有生活的诗意表达，生活因为有了音乐而变得更美好。

写给自己的一封感谢信

在书的最后，想要给自己写一封信来做收尾。一直以来，我都是个不善笔墨的人，平时除了教材和数学有关的书，其他类型的书籍，我看得很少，在最初决定写这本书的时候，自己也是下了很大的决心，因为不知道自己这种"理科男"能不能驾驭得了那么多文字。但还好，我完成了这本书的写作。

人生就是这样不断接受挑战、战胜挑战的过程吧。小的时候，我去上奥数班，那些乍一看根本无从下手的题目，也是在自己一步一步的思索下找到了答案。我从来就不觉得自己是个勇敢的人，只不过是因为男人好面子，就算心里忐忑，表面上也总是装作云淡风轻的样子罢了。

现在，我想要给过去的自己写一封感谢信，感谢过去那个不成熟、不完美的自己。虽然有很多缺点，但还是坚持不懈，努力认真地走过了人生的每一个阶段。

我一直是个活得很"现实"的人。从很小的时候起，我就知道做什么事情可以为自己的将来打基础，做什么事情是在浪费时间。说老实话，我也不知道自己的这种性格究竟是遗传了我爸还是我妈，他们两个都是很知足的人，有一份安稳的工作，家人身体健康平安，一日三餐，四季变化，只要日子过得顺心顺意，他们每天就觉得很开心了。

但是对于我来说，总想要探寻更多的东西，想要去更远的地方。有的朋友说我对生活有野心，我自己心里清楚，这不是野心，应该算是一种好奇心，想要不断看看这个世界还有什么是自己没见过的，所以就一直不肯停歇、一直在努力。

我小时候明白，想要从一个男孩子蜕变为一个男人，首先就是要让自己有承担自己的能力。小学的时候，自己也不清楚如何让自己变得更厉害，那就把最基本的功课都做到最好，让自己的成绩保持在前列。每次看到爸妈笑着和邻居说："这孩子其实不用我们多管，他自己能约束自己。"那时候我觉得如果我想要爸妈的脸上一直挂上这样开心、自豪的笑容，我还应该做得更多。

上了中学之后，了解到除了学习之外的许多东西，也清楚了自己应该更加全面地发展自己，而不是一味地把自己禁锢在成绩单上。知道得越多，认识得越深，心里想得就越多。中学时期的自己，关于未来有许多的设想和计划。那时候，那些不成熟的想法，现在回头想一想觉得有些幼稚和可笑，但是在当时的我看来，觉得那就是我对未来最详尽的计划表，心中发誓一定要全部实现。

不过，还是要感谢那个时候的自己，有冲劲，有想法，有着不管不顾想要闯入未知的勇气。正是那份勇气，一路支撑着我，让我走得远了一些，更远了一些。我不怕跌倒和挫败，因为我知道自己不会对失败低头，我常对自己的学生说，要勇敢一些，再勇敢一些，这样你将来才会感谢现在努力过的自己。

去外地读大学的日子，我拥有了更丰富多彩的生活。在学习之余，结交了许多好朋友，他们陪我在青春里恣意张扬，我们一起度过了人生中最亮眼的时光。我想要感谢那个时候的自己，

我不怕跌倒和挫败，

因为我知道自己不会对失败低头，

我常对自己的学生说，要勇敢一些，再勇敢一些，

这样你将来才会感谢现在努力过的自己。

二十岁左右，让自己活成了自由自在的模样，想要做的事情都尽力去实现，没有给自己留下遗憾。

爸妈现在和我聊天，也总会把一句话挂在嘴边："你从小到大真的是挺让我们省心的，基本上你的事情，你自己就都办妥了。"每当他们这么说的时候，我就能够从他们脸上看到欣慰的笑容，我想我做到了，在爸妈的心里，我是他们的骄傲，每次看到爸妈欣慰的样子，我就想感谢之前一直努力没有松懈的自己。

在2017年的暑期班结束后，我已经想好了要带父母去新加坡、马来西亚、泰国旅行。按照我之前的设想，每年都要带父母出国旅行一趟，在让他们玩得开心的同时，我也能多陪陪他们、照顾他们。在工作以前，我出去旅行总是和朋友一起，或者自己一个人去旅行，那个时候只想着自由自在最好，但是，我现在越来越觉得，陪伴父母亲人，与朋友们在一起才是最快乐的时光。

我想要感谢我自己在不停的人生选择中，心中还始终记得自己的初衷。我不想为了生存而向生活妥协，我也知道自己有时候的坚持会给自己带来多大的困扰，但是幸好，我坚持了下来，我挺过了那些困难，我正在变得越来越好，而且我相信自己会成为自己当初想要成为的样子。

　　我想要感谢过去的那个自己没有丢失勇气，没有被迫丢掉自己的个性，去和这个世界讲和。人越长大，耳边充斥的声音就越嘈杂。很多时候，我们真的不知道自己应该怎么选择，是选择和大多数人一样，还是坚持做自己？我想要做自己，我不想在人生的河流中打翻自己的小船，爬上一艘挤满了人的大船随意漂流，我宁愿冒着翻船的危险，也要独自驾驶着自己的小船，逆流而上，我不知道等待我的会是什么，我只知道我要掌握自己命运的船舵，因为这对我来说很重要。

　　我在自己选择的道路上奋斗和前行，我不知道自己的目的地会在哪里，也不知道自己途中会遭遇激流还是峭壁，我只知道脚踏实地地走好每一个脚印，回头看看依靠自己能力走出来的一条路，心里才会是满满的安全感。

　　我相信时间会带走许多东西，但也会留下许多东西。时间会带走你因为胆怯和懒惰而错失的机会，时间也会留下你努力和勤奋所结出的果实。

图书在版编目（CIP）数据

在这冰冷的世界，愿你温暖如初 / 温冬著 . — 北京：
文化发展出版社有限公司，2017.11
ISBN 978-7-5142-1982-1

Ⅰ . ①在… Ⅱ . ①温… Ⅲ . ①散文集－中国－当代
Ⅳ . ① I267

中国版本图书馆 CIP 数据核字（2017）第 276924 号

在这冰冷的世界，愿你温暖如初
作　　者：温　冬

责任编辑：肖润征
产品经理：李　雪
总 策 划：白　丁
出版发行：文化发展出版社（北京市翠微路 2 号）
网　　址：www.wenhuafazhan.com
经　　销：各地新华书店
印　　刷：三河市嘉科万达彩色印刷有限公司

开　　本：880mm×1230mm　1/32
字　　数：160 千字
印　　张：8
版　　次：2018 年 1 月第 1 版
印　　次：2018 年 1 月第 1 次印刷
Ｉ Ｓ Ｂ Ｎ：978-7-5142-1982-1
定　　价：42.80 元